Remets ton slip* en place

* Slip, boxer, tanga, string, culotte...

Remets ton slip* en place

A Cyrielle-Sarah,

A la joie de nous rencontrer.

Belle lecture.

Sandie

Sandie Boulanger

Sept 22.

* Slip, boxer, tanga, string, culotte...

À Corinne Muraz-Dulaurier, qui m'a permis d'oser écrire ce premier roman. Merci d'avoir prêté sa plume à Johnny.

À Brigitte Lahaie, qui m'aide chaque jour, et depuis plus de dix ans, à prendre ma place de femme et de professionnelle.

Au docteur Marc Ganem, gynécologue et sexologue, qui m'a tant appris.

Au docteur Sylvain Mimoun, qui a repris son flambeau.

La vie a tellement moins de saveur sans mentor, merci de votre amitié.

Table des matières

Quelques mots à propos de l'auteur

Sandie Boulanger est relaxologue, somato-thérapeute et sexothérapeute depuis 2007. Elle exerce en cabinet libéral, en milieux associatifs et hospitaliers, et accompagne les personnes dans leurs difficultés de vie et leur sexualité, du désir de grossesse au plus grand âge. Elle est passionnée de ce qui lie les individus : la relation.

L'accompagnement en soins palliatifs lui a permis d'orienter son approche thérapeutique vers la psychologie corporelle, existentielle et positive. Aller mieux n'est ni laborieux ni compliqué, cela demande simplement d'être courageux. Même en fin de vie, la question de la sexualité, ce lien intime à soi et à l'autre, possède une place importante. Pourquoi alors ne pas devenir créatif pour garder du lien érotique ? Et pourquoi attendre l'étape ultime pour l'être ?

Curieuse et sociable, elle ne cesse de diversifier ses centres d'intérêt et de les partager avec le plus de personnes possible.

Conférencière (sexualité, deuil, estime de soi) et intervenante média (radio, magazines), elle a l'énergie, l'humour et le cœur de vivre ses rêves.

À plus de quarante ans, elle garde la joie d'un enfant qui nourrit les canards, selon une expression de Danielle Fazzio...

PROLOGUE

À vous qui me lisez maintenant, montez dans mon taxi et installez-vous confortablement. Prenez trois respirations lentes et profondes. Je vous promets une course aussi douce que chamboulante. Laissez votre mental s'envoler, le temps du voyage. Et ainsi peut-être, pourrez-vous sentir comme les histoires de Laurent, Marguerite, Nicolas, Jeanne, Tracy, Bérénice et Johnny peuvent aussi parler de vous. Une peu, beaucoup, qui sait ? Une semaine, c'est peu et c'est suffisant quand on ouvre les yeux du cœur, de l'évidence, de la prise de conscience. Soyez bons avec eux, ils ont fait de leur mieux. Peut-être aurez-vous envie également de profiter du voyage de la vie et de son lot d'expériences pour grandir encore dans le centre de votre être : l'intimité.

Je m'amuse en disant que la vie, ce n'est pas du couscous, on ne choisit pas les morceaux qui sont dedans, mais tout réside dans l'art de tout de même l'apprécier !

âmicalement,

Jésus

– Chapitre 1 –
Lundi

Laurent à l'attaque

Il est 8 heures. Laurent replace de nouveau les chaises autour de la grande table. Cinq mois de travail acharné. De flirts endiablés avec ses propres limites physiques et mentales. Tout se joue ce matin. Les Chinois sont arrivés la veille, tard dans la soirée. Leur fatigue va-t-elle jouer dans leur accord ?

Bon sang, il aurait dû apprendre plus de mots en chinois. Ils y sont sensibles. Un petit rien qui fait tout basculer. Au fond, ont-ils profondément compris l'impact de ce qu'il leur offre ? Qui sait ? Malgré son footing à 6 heures pour se détendre, il sent une boule dans le ventre. Bon, il lui reste trente minutes avant l'arrivée du convoi. Peut-être pourrait-il passer saluer cette nouvelle stagiaire du premier, service presse ? Il éliminerait tout de suite cette foutue peur. Ce doute, débile, de rater le contrat.

Tu parles, il est trop tôt pour les novices. Qui peut bien avoir la motivation d'être là maintenant ? On n'est jamais aussi bien servi que par soi-même... un tour aux toilettes ni vu ni connu. Bien sûr que c'est rapide, il est le meilleur coup de sa vie. Et pas une capable d'estimer ses qualités.

En sortant, la secrétaire l'informe de l'arrivée de ses clients. Il est prêt à présent. C'est un festival, une symphonie, une orgie. Laurent enchaîne les arguments, et surtout, ce qui fait toute sa renommée, le rythme de chaque étape. Les clients sont entraînés, comme hypnotisés, par la balade bien orchestrée. Tout est clair, fluide, tantôt à un rythme doux, tantôt comme une cascade. Ils sont en confiance. Sans même avoir le temps de se poser des questions, ce Français bien apprêté leur apporte réponses et éclairages. Il place même des mots dans leur langue, toujours utilisés à bon escient.

Son sourire n'est ni large ni pincé, juste ce qu'il faut de retenue sympathique.

Son dos est droit, son débit posé, confiant. Son regard semble regarder ses clients tous à la fois et individuellement. Tiens, il faudrait qu'ils trouvent le temps de passer voir la Joconde avant de partir.

L'heure du déjeuner arrive enfin. Ne sachant plus trop comment ils se sentent, entre fatigue et enthousiasme, le groupe est content que leur hôte leur annonce la pause déjeuner. Laurent a tout prévu. Ce midi, ce sera brasserie traditionnelle dans le quartier. Il souhaite leur montrer que le simple et le traditionnel sont une de ses qualités. Le grand jeu du gourmet asiatique sera pour ce soir. Il sait combien les étrangers aiment manger de leur cuisine chez les autres. Histoire de toujours se prouver que chez eux c'est meilleur. Mais là, ils vont être surpris !

Pour le moment, son plan se déroule à merveille. Plus de boule au ventre. Il est solide comme un roc. Présent dans chacun de ses regards, ses pauses,

ses mouvements. Il sent que c'est en très bonne voie. Il a tout de suite senti par quel bout les prendre. Sa préparation de ces derniers mois sur les moindres détails sur la vie du groupe paie. Il a étudié avec soin les coutumes et vices de ce peuple étrange. À peine quelques minutes de marche et ils arrivent à la brasserie. La Défense a ce privilège, une architecture titanesque, futuriste, qui vous en met plein la vue. Les petites rues traditionnelles, leurs commerces de proximité mais pas populaires. Un bon mélange qui déroute et séduit en même temps.

La serveuse s'avance vers le groupe. La table réservée est parfaite. Un peu en retrait mais pas au fond. L'espace nécessaire pour loger ses grandes jambes. Loin des cuisines pour ne pas sentir le graillon en sortant. Il connaît bien la fille. Il sait qu'elle connaît ses attentes. Ne manquer de rien, ni pain, ni eau, ni vin. Il ne veut pas avoir à lever le doigt ou à beugler pour obtenir ce qu'il veut. Il a, rapidement, inculqué ses besoins à cette fille pas trop bête pour s'en souvenir. En même temps, vu les pourboires qu'il lui laisse, elle a vite compris qu'il fallait qu'elle fasse marcher ses trois neurones correctement. Faut dire qu'elle est pas mal. Un peu maigrelette, mais pas mal. Son ton évoque une certaine assurance. Ses yeux sont francs et son sourire carnassier. Mais bon, elle est serveuse. Cela calme un peu son début d'érection. Il a beau être sûr de lui, ce déjeuner parisien a de fortes chances de ne pas plaire.

Il est le dernier dans la tour quand il rentre au bureau. Heureusement qu'il a exigé que le ronron des femmes de ménage se fasse de 5 heures à 7 heures le matin. Il est toujours tranquille comme ça le soir. C'est dingue comme les jeunes partent tôt du boulot de nos jours. Feignasses !

Peut-être pourrait-il rentrer se changer. Le restau de ce soir va mettre un coup de grâce aux Chinois. Il se prépare à dégainer son Montblanc. Qu'on passe à autre chose. Il a une garde-robe à dispo dans son bureau, mais peut-être serait-ce l'occasion de saluer enfants et femme.

Elle lui fait payer ses derniers mois de boulot intenses. La reine des glaces. Comment croit-elle que tout ce qui l'entoure est là ? Par le Saint-Esprit ?

C'est parce qu'il travaille comme un fou qu'elle peut aller chez le coiffeur tous les trois jours, faire ses courses chez Fauchon, et se pâmer dans du Céline.

Aucune reconnaissance depuis le début. Il l'a sorti de sa vie de banlieusarde, lui a offert le mont parisien, les dîners mondains, les vacances en club au soleil, l'hiver au ski.

Foutues bonnes femmes, jamais contentes. Ça chouine tous les quinze jours et le reste du temps, elles vous les brisent menues.

Un SMS de son fils. Il est attendu. Merde, il va prendre un taxi pour passer vite fait. Ils se sont passé le mot ou quoi ? Toujours à quémander son aide. Bande d'assistés.

Johnny le jour

Grise, comme son jean. C'est comme ça qu'il envisage la journée. Jésus reste entre deux nuances, ce matin. S'il fumait, il allumerait bien une clope. Mais ce n'est pas le cas. Dans l'instant il comprend cette pulsion, qui peut naître de nulle part. Il regarde une nouvelle fois dans son rétroviseur. Sa cliente a du retard. Ou il est en avance en fait. Ben merde, pense-t-il. Il se trame quelque chose, l'air est étrange. Lourd. Un semblant d'apocalypse. Il a assez de temps, c'est vrai, et il pense à son copain Johnny, qui travaille à deux pas, dans un magasin de carrelage. Le magasin ouvre juste, il peut prendre de ses nouvelles et boire un café bien chaud.

Il y a des matins renversants. En arrivant sur le parking, son regard est attiré par une femme, moulée dans une jupe en skaï qui traverse le parking. Il aime ce qui est beau et a l'œil pour le remarquer. Il suit la couture de ses bas, qui le conduit, en droite ligne à la courbure parfaite de ses fesses. C'est une drôle de journée qui s'annonce ! Une de celles que la fin de l'hiver nous offre, où la féminité se libère des épaisseurs de tissus et s'affiche éclatante, dans ses rondeurs, ses courbes et la volupté de certaines formes, sans débordement.

Il aime les femmes. Il aime les regarder, imaginer leur vie, comprendre l'histoire qui a modelé leur corps. Blonde ou brune, petite ou grande, élancée ou enveloppée, peu lui importe. Toutes ont quelque chose qui le fascine. Ce n'est pas qu'une question d'esthétisme, loin de là. C'est le mystère qui les entoure. Le paradis éperdu d'un secret qu'elles portent en elles, entre elles, et qui semble incompréhensible à l'homme qu'il est. C'est presque une quête, ses regards à leur encontre. Rien d'insistant, non. Surtout depuis quelque temps, regarder est devenu presque un délit, une mise à « mâle » de la condition féminine. Il l'a bien compris.

Dommage. Mais c'est légitime. Il s'adapte.

Ses pensées l'entraînent loin de ce parking mais les crissements des gravillons sous les pas, le ramènent à la présence féminine qui avance vers la voiture de Johnny. Veinard ! Une conquête qu'il lui envierait presque. Cachottier, il ne lui en a rien dit. En vérité, cela fait plusieurs mois qu'ils ne se sont pas vus, chacun dans sa vie. Et la période n'est pas habituelle pour lui. Jésus divorce après 40 ans de mariage, uni à Marie-Madeleine. L'impermanence s'expérimente à tout âge. Mais c'est une autre histoire...

Il se décide de sortir de sa voiture, dans vingt minutes sa cliente l'attendra devant l'hôtel Ibis. Il se dirige vers le porche du magasin. Un léger crachin rendu désagréable par le vent d'autan.

Le bruit des talons se rapproche. C'est beau le bruit des talons d'une femme. Comme une promesse ou bien une mise à mort. C'est selon.

Ce matin, il ne le sait pas encore, mais il s'agit de la promesse de l'achèvement d'un ordre établi. Mais ça, ce sera pour plus tard. Dans l'instant, il sent le parfum sucré l'entourer. En éclaireur. Il lui chatouille les narines et l'invite à se retourner. Il retient l'instant où, les sens aiguisés, il pourra apercevoir ce qu'il a rêvé. L'assemblage de sensations qui l'a suspendu au-dessus du temps, dans l'éther de ses fantasmes.

La réalité qui l'accueille est au-dessus de tout ce qu'il a pu imaginer. Une brune, cheveux mi-longs, le regarde. Elle a les yeux noirs, soulignés de khôl, et une légère barbe très parsemée, affleure sous son visage poudré. Johnny lui fait face, le maquillage en plus. Il porte un joli pull en chenille noir. Son décolleté l'a adopté sans l'ombre d'un doute.

Jésus hésite et puis renonce. Parler serait de trop. Alors Johnny se lance. Il est heureux de le voir, depuis le temps... Un temps d'automne, où les feuilles se détachent et tombent, pour suivre leur métamorphose. Il a toujours eu le verbe poétique ou plutôt métaphorique, pour se dissimuler.

Ils entrent ensemble dans le magasin. Jésus effectue quelques pas en arrière pour saisir ce qui ne va pas. Mais rien ne se passe. Ses collègues saluent Johnny, qui se dirige vers l'îlot de carrelage où se trouve la machine à café.

– Pourquoi ne m'as-tu rien dit ? articule finalement Jésus.

Marguerite à fleur de peau

– Madame T, faudrait venir rapidos maintenant ! L'animatrice vous attend et elle a pas que ça à faire ! crie l'aide-soignante du haut de l'avant-dernière marche de l'escalier, juste à l'entrée du couloir.

Quinze chambres à cet étage. Faut dire que mon « appartement » est le troisième. Juste à côté en somme. Un « privilège » ardemment négocié par ma progéniture à mon arrivée. Bah oui vous comprenez, j'ai moins à marcher comme ça m'ont dit les enfants à mon enfermement.

Je referme le livre de *L'Amant* au moment crucial où Marguerite pénètre pour la première fois par la porte de la garçonnière. J'ai beau le savoir, j'aime imaginer que c'est une surprise. Vierge de tous souvenirs, je me laisse embarquer dans les bras du beau et riche Chinois imberbe. Flûte, il s'appelle comment déjà ? Ce n'est pas grave, c'est l'amant de la Chine du Nord.

J'ai, depuis ma lecture à sa sortie, toujours aimé imaginer que nous n'étions qu'une seule et même personne. Nous portons le même prénom, c'est un signe non ? La Marguerite.

Il faut dire qu'il tombait à point nommé. Pile l'année de mes cinquante ans. La ménopause, la libération sexuelle comme elle a été saluée, bien des années plus tard. Les chevaux étaient lâchés. Déchargés du poids inconscient de la maternité, ils disaient qu'il était temps de jouer au sexe et d'assumer ses désirs.

On était pourtant bien loin de la libération sexuelle des années 1970. Mais j'ai préféré l'analyse des années 1980, plus fine, parlant de la sexualité grandissante, érotique et divine. Pas besoin de forniquer en groupe pour vivre une orgie. Un peu de cadre tout de même. Et puis à quarante, cinquante ou quatre-vingt-dix ans, on n'a pas la même maturité pour envisager la magie grandissante de sa sexualité. Foutue jeunesse, on croit toujours tout savoir mieux que les vieux !

D'ailleurs, quand est-ce qu'on devient vieux ? Peut-être que maintenant que peu de gens sont plus âgés que moi, je deviens une vieille moi aussi. Où sont les sages, les plus expérimentés, pour partager avec moi savoirs et conseils ? Pas dans cet hospice en tout cas.

Je suis mauvaise. J'ai des amies agréables ici. Pour celles qui peuvent encore aligner quatre phrases sensées, on peut encore refaire des mondes jusqu'à la fin de la nuit. Enfin jusqu'au couvre-feu de 21 heures.

Et puis il y a Paul. Mon amant de la Chine du Nord. Mais en version plus jeune et française. Bien, mon imagination me porte quand même aux rives du Mékong avec lui. Il n'a que quatre-vingts ans, mais j'avoue comprendre plus facilement cet engouement des femmes pour les plus jeunes.

– Madame T ! me crie d'en bas l'aide. Je vous préviens, si je dois venir vous chercher, ce sera en fauteuil roulant !

La honte suprême. Elle sait très bien qu'elle ne devra pas aller jusque-là. La seule et unique fois où elle a eu recours à ce stratagème, mon arrivée dans l'arène me laissa un sentiment abyssal de tristesse. Comme réduite à l'état de légume, une couronne intégrée au fauteuil pour maintenir une éventuelle chute de la nuque sur ma poitrine. J'étais comme le gigot du dimanche. Pendant que mes larmes roulaient abondamment sur mon gilet, les autres pensionnaires esquissaient, soit un sourire en coin de « tiens tu vois, tu fais moins la maligne, toi aussi tu es comme nous », soit un pincement de bouche d'effroi ou de compassion. Je n'ai rien dit ce jour-là, la leçon était apprise. Mais fichtre, si elle ose recommencer une fois, je promets de me soulager comme après la prise d'un Microlax. Et là, elle devra tout nettoyer ! Œil pour œil...

Je descends enfin, avec pour motivation, le moment où Léa Delmas enfourche sa bicyclette bleue, fiévreuse, pour rejoindre son Tavernier. Il faut au moins ça pour supporter la prochaine heure et demie. Chaque lundi, à 10 heures, nous devons nous réunir pour jouer aux dames mais version « fait ce qui peut avec ce qui peut ». Et le problème n'est pas que d'ordre physique malheureusement. À se demander ce qu'ont foutu ces gens dans leur vie d'avant. Même pas capables d'imaginer un poil de stratégie, de défi, de suspense.

Les quatre saisons de Vivaldi touchent presque à leur fin dans ma tête quand je m'assieds parmi mes congénères. Allez Magie ! Plus que quarante-cinq minutes à tenir et tu rejoins monsieur Grey dans sa chambre. Lui, il peut choisir ses activités. Et raisonnablement, le club de dames du lundi matin n'en fait pas partie.

Il est intelligent Paulo. Il a vite compris qu'il valait mieux garder ses pensées et opinions pour lui. Surtout auprès de ses enfants. Comme ça, il a la paix. J'avoue n'avoir pas pu, ces vingt dernières années, m'astreindre à cette sage attitude. Comme un relent de féminisme peut-être. Je n'ai pu contenir ma colère face aux actes d'amour de mes enfants. Comme si souffler mes 70 bougies avait changé leurs lunettes sur moi. D'un coup j'ai changé de statut. De mère, femme sage et respectée, je suis devenue incapable, irresponsable et j'imagine, sénile. J'ai alors tout de suite pris le taureau par les cornes ! Je me suis courageusement débattue. Fallait voir ça. Ôtant le filtre socialement correct exigé, je plaidais ma cause. Ma grâce. Mais cela les a effrayés. Ils ne comprenaient pas la femme qu'ils avaient devant eux. À bout de souffle. Terrorisée à l'idée de perdre ma précieuse liberté.

Ils m'ont placée ici. Sous surveillance, médicaments décontractants et programme de ministre, pour réduire autant que possible la perte de neurones, de mobilité et autres effets secondaires présumés du grand âge. La liberté d'expression, mon cul oui. Ce n'est parce que j'oublie des détails et que mes chaussures ne peuvent plus posséder de lacets, que j'ai perdu toute capacité de réflexion sensée. En plus de m'assouplir devant mon corps qui ne m'obéit plus, je dois faire œuvre de discernement dans mes propos. De l'édulcorant, des paillettes ? Ah non, pas ça ! Mais du miel dans ma voix et mes dires. Je ne me suis pas seulement soumise aux jeux de Paul, je le suis aussi fait auprès de mes enfants, dans un autre genre. J'ai accepté le planning, les médicaments qui me dessèchent la tête, la bouche et le vagin pour me résoudre à ne jouir que de la pause sieste de 13 h 30 à 15 h 30.

Une sieste que je partage avec mon Apollon. Bien sûr que nous aimons revisiter Ruy Blas, Madame de Staël et le marquis de Sade, mais pas que. Nous partageons l'amour de la musique, de l'art, de l'érotisme. Nos limites ne sont posées que par celles de nos corps. Et à chaque fois, cela nous occupe un temps pour les contourner, les transformer. On rigole bien pendant ces deux heures. Nous avons d'ailleurs mis en place une judicieuse logistique autour de nos rendez-vous.

Nous nous retrouvons dans sa chambre. Elle a l'avantage d'être au fond du couloir. Et nous postons la Marie à la porte de sa chambre, la première à côté de l'escalier, pour nous prévenir si une aide-soignante arrive. Normalement, c'est un temps de pause pour elles aussi. Mais il peut y avoir des imprévus. Et Paul a pensé à tout. Impossible de prendre le moindre risque d'être découverts. Cela pourrait nous séparer définitivement. Alors nous feignons l'indifférence courtoise en public. À peine quelques mots échangés, jamais assis côte à côte. Il me fait rire. Je me demande s'il n'a pas trop lu de fictions policières ! Il y tient, cependant. Alors, je joue aussi.

La Marie, elle vit en fauteuil. Le regard pas très parallèle, plongé vers le haut. Elle ne dit plus mot depuis longtemps, je ne l'ai d'ailleurs pas connu prononcer un mot depuis neuf ans qu'elle est ici. Mais elle a un avantage certain, elle crie quand elle aperçoit quelqu'un ! À vous glacer le sang. Et ne s'arrête plus. Nous avons donc décidé que la Marie serait notre sentinelle.

À la vue du personnel, elle s'alarme et nous alerte. Le temps qu'ils trouvent une solution pour la calmer et la coucher, nous pouvons tranquillement nous rhabiller, ouvrir la porte, comme il se doit en internat, et se poster à l'antipode de la pièce pour la distance réglementaire entre vieux gens de sexes différents.

Je dois dire que même si Paul est resté assez évasif sur les raisons de sa venue chaque jour, pendant la sieste, pour la poster devant sa porte, nous avons vite constaté qu'il y avait un prix à payer. Et ce prix est très clair, sans mots ni négociations. Paul, lorsqu'il vient la poster dehors, doit avant s'asseoir à côté d'elle. Lui prendre la main, lui raconter des histoires du passé. Lui caresser les cheveux qu'il lui reste. Et avant de bouger son fauteuil vers la sortie, Paul doit déposer une bise sur ses joues molles et jaunâtres.

Cela a demandé de nombreux jours avant que le contrat soit défini. À chaque déplacement vers la porte trop rapide, la sirène se mettait à hurler, et Paul de détaler comme un garenne. Elle avait bien compris la bougresse que je bénéficiais des faveurs de l'un des rares mâles de l'établissement. Et cette loutre ne le vivait pas très bien. Alors rituel après rituel, il finit par réussir à trouver un compromis pour service rendu.

Heureusement que son regard part de l'autre côté du couloir, je n'ai pas, au moins, à supporter cet œil jaloux et réprobateur chaque jour. Mais au moins elle nous est fidèle. Enfin, elle est fidèle à Paul ! Chacun y trouve son compte finalement. Sauf que cela nous mange quinze minutes sur notre pause. Bon, tout a un prix, ici-bas.

Depuis deux ans, nous devons alterner les jours de retrouvailles. Auparavant, c'était après chaque déjeuner que nous nous retrouvions. Puis doucement mais sûrement, ce créneau nous est devenu difficilement supportable. Les activités du matin nous épuisaient. Je finissais semi-endormie au dernier atelier et pouvant à peine trouver la force de boulotter les carottes râpées du midi. Quant à Paul, ce sont ses ronflements au dessert qui ont eu raison de nos aménagements. Alors lundi, c'est après le déjeuner que l'on se retrouve. Les écoliers sont en recréation, certes. Mais reposés du week-end de solitude ou de quelques visites familiales, nous sommes regonflés à bloc. Puis mercredi et vendredi, nous partageons de nouveau nos ébats avec la cour qui enchaîne les libérations énergétiques des petites créatures en devenir. Une très grande école. Incroyable le nombre de mouflets qui s'y entassent. Au moins mille. Une vraie fourmilière. Au moins, côte à côte, chacun peut réfléchir au passé puis à l'avenir. Là où tu commences, et là où tu finis. Ma chambre n'a pas cette vue.

Parfois même, il y a une classe qui vient nous visiter. Ils lisent des livres, font des spectacles, et nous font la joie de pouvoir manger des crêpes pour une fois. Pas de compote habituelle, non, des crêpes, avec du sucre, du chocolat à tartiner, de la confiture ! Le rêve. Puis une fois que le réfectoire est bien salopé, ils repartent comme une envolée de piafs devant l'hiver.

Aujourd'hui, j'ai peu le cœur à batifoler je dois l'avouer. Demain, je pars toute la journée en « bilan » comme ils disent. En fait, ils vont venir explorer toutes les parties de mon corps, du dehors et du dedans, pour vérifier si je marche encore. Ce ne sont pas tant les résultats qui m'embêtent. Non, c'est ce foutu chambardement dans ma journée. Je vais revenir comme un vers victorieux d'une journée de pêche. Rincée. Et j'ai bien vu qu'à présent, une nuit de sommeil ne me remet plus en selle.

Il est fantastique Paulo, il me masse les pieds, met en route son diffuseur d'huiles de machin pour que ma tête se calme, et un prélude au piano en fond. Je me laisse aller. Sa voix me sort de ma rêverie (non je n'ai pas ronflé !).

– Tu connais la pensée positive ? me demande-t-il de son œil rond et doux de celui qui connaît un truc et pas moi.

– Non.

Il a compris le Paul, qu'aujourd'hui, je ne serai pas de celle qui s'exprime en alexandrins. Il continue, posé.

– C'est une vieille technique de relaxation. Bien plus que nous deux réunis, lance-t-il amusé, pour capter mon attention. En chemin demain, tu vas visualiser qu'une bulle lumineuse t'entoure, comme la vierge !

Il sait Paulo qu'il n'y a que par la douceur de l'humour que je peux l'accueillir en ce moment au fond de moi.

– Puis tu vas te répéter cette phrase comme un refrain : **Je respire, je suis là, ici et maintenant. C'est ça la réalité.**

Bérénice passe la frontière

7 heures, le réveil sonne. Le corps lourd, Bérénice s'arrache du lit. Charles remue doucement. Elle se lance dans la cuisine, prépare la cafetière de la journée et range la vaisselle séchée de la veille. Et continue dans la salle de bain, sort la machine tournée en heure creuse et l'étend.

Elle monte dans la chambre des enfants et les secoue doucement. Les grognements du petit Jacques ne présagent rien de bon sur la fluidité de la suite. Manon se met entièrement sous la couette.

Bérénice file sous la douche, s'habille encore humide, s'attache les cheveux et retourne dans la chambre des chérubins encore au même point que huit minutes plus tôt. Cette fois, elle ouvre les volets, la lumière et leur lance :

– Debout là-dedans !

De retour dans la cuisine, Charles, son Thermos rempli, lui embrasse les cheveux et claque la porte avec une « bonne journée à vous ! » traditionnel.

Elle beurre les tartines, remplit les verres de jus et crie :

– Le petit déjeuner est prêt.

Les pas lourds se font entendre dans l'escalier. Elle récupère dans le salon, les cahiers et autres fournitures indispensables aux cartables de l'une et de l'autre. Un regard sur la porte du frigo lui rappelle qu'aujourd'hui Manon a piscine. Elle remonte chercher le maillot, le bonnet, les tongs, la serviette et le sac de sport. En descendant, elle remarque Jacques dormant sur la table, n'ayant rien touché du petit déjeuner.

– Jacques s'il te plaît, mange et bois ton jus, on va bientôt partir !

Le petit ange ne répond pas. Le pyjama taché de beurre.

– Bon sang Jacques ! Tu mets ton bras dans la tartine. Fais un peu attention !

Il se met à hurler, en larmes, jette l'assiette par terre, et file dans sa chambre.

Manon réclame un goûter meilleur que la dernière fois pour la piscine. Elle en a marre de devoir l'échanger avec d'autres. Personne ne se laisse plus faire à présent. Ils sont trop nuls ses gâteaux à elle !

Bérénice monte derrière Jacques pour l'habiller. Ce dernier est de nouveau dans son lit, tartinant son oreiller du reste du petit déjeuner.

7 h 40. Départ dans 10 minutes.

– Jacques habille-toi, tes affaires sont préparées sur ta chaise de bureau.

– Nan, j'veux pas ! lui lance-t-il, l'œil noir.

Elle s'empare des habits et commence à le déshabiller. Les coups de pied fusent. Les cris et les poings en rythme.

– Jacques habille-toi seul dans ce cas-là, sinon tu vas en pyjama à l'école. Tu auras la honte devant tes copains et la maîtresse va te punir. Manon vient vite t'habiller !

Bérénice est rouge et sent son cœur battre dans ses tempes.

7 h 48. Départ dans deux minutes.

Elle attrape Manon qui arrive en haut des marches, lui ôte la chemise de nuit, lui enfile la robe et la pousse pour redescendre, les collants autour du cou.

– Jacques, nous partons maintenant, Manon met tes collants et tes chaussures.

Elle attrape Jacques, à moitié habillé et le descend dans les bras. Arrivée devant la porte d'entrée, elle assied Manon sur ses genoux, lui enfile les collants sous les cris de contestation et de douleur, tellement cet acte anodin ressemble à un combat de gladiateurs. Elle lui met les baskets à scratch plutôt que des chaussures à lacets, trop longues à chausser, et saute dans ses mules. Elle attrape les cartables, pousse les enfants vers la porte et, tout en la claquant, ajuste le manteau de l'un et enfile les cartables respectifs sur le dos de chacun. Durant les cinq minutes de marche qui les séparent de l'école, elle n'entend que plaintes, disputes et promesses de règlement de comptes entre la fratrie. La cloche sonne, elle pousse les enfants, juste avant que la porte de l'école se referme. Ici, pas de retard toléré.

Sans s'en rendre compte, elle se retrouve assise dans la cuisine, une tasse de café à la main. Comment est-elle arrivée là ? Elle ne se souvient pas du retour ! L'assiette brisée jonche toujours le sol. Elle sent sa poitrine se serrer, prise d'un sanglot incontrôlable qui semble monter douloureusement dans sa gorge. Puis elle explose en larmes. Comme ses enfants le matin. Sans possibilité de s'arrêter ni de réduire le volume sonore des trémolos de ses pleurs.

Et là, dans cet état de détresse immense, aucun nom ne lui vient. Pas de maman, ni de « mon Dieu ». Personne.

Personne à qui elle peut se tourner, se référer, se plaindre, trouver du soutien, du réconfort, des conseils.

– Qu'est-ce qui m'arrive ? se dit-elle à haute voix, toujours secouée de sanglots.

Le téléphone sonne.

Péniblement, comme engourdie, elle se lève et décroche.

– Madame, vos enfants vous attendent dans le hall de la cantine pour la pause déjeuner. Faites vite parce que les portes seront fermées dans cinq minutes.

Elle regarde l'horloge. 12 h 10

– Mais qu'est-ce qui se passe ? lance-t-elle à la porte claquée.

De retour à la maison, c'est la voix de Manon qui ramène Bérénice à une once de réalité. Elle flotte étrangement, ayant perdu toute notion du temps et de ce qu'elle doit faire.

– Maman qu'est-ce qu'on mange ? J'ai faim ! lance la petite, rigolant devant l'assiette et les tartines du matin toujours au sol.

Machinalement, elle met l'eau à bouillir, verse les pâtes au son du bouillonnement, sert deux assiettes, met du fromage râpé dans l'une, de la sauce et du parmesan dans l'autre, et monte dans sa chambre. Les volets sont encore fermés. L'obscurité l'aide à se couper des bruits extérieurs, les chamailleries des enfants, le bruit d'une fourchette qui tombe, le rire de Jacques couvrant les pleurs de sa sœur. Elle flotte dans des marécages. Ramener les enfants à l'école ne la traverse pas. Ni la préoccupation de ce qu'ils font.

C'est le claquement de la porte d'entrée qui la fait sursauter.

– Bonsoir tout le monde ! lance la voix de Charles. Il est sûrement 19 heures, heure habituelle du retour du travail.

Puis :

– Bon sang, Bérénice qu'est-ce que c'est que ce souk ? Bérénice ? continue de clamer la voix.

En pénétrant dans la chambre obscure, il la voit assise sur le rebord du lit. Le regard dans le vague. Une main en sang que le temps a séché, tout comme ses larmes, mais subsistent des plaies béantes. L'une visible, l'autre enfouie. Elle n'entend pas ce qu'il lui dit. Elle devine son front froncé, les yeux investigateurs. Puis plus rien.

C'est la sonnerie du téléphone qui la ramène à elle.

Ils sont en voiture.

Charles n'a pas arrêté son monologue. « Tu es folle », « ma pauvre fille », « irresponsable ». Elle n'entend que des brides dans le flux continu. Arrivé devant la porte monumentale des urgences, il lui dit de descendre. Elle s'exécute, machinalement, comme un automate. Elle remarque qu'elle est en pantoufles. Devant la personne qui se trouve à l'accueil, elle n'arrive pas à dire ce qu'elle veut. Pourquoi est-elle là ? Ce sont de très bonnes questions. Le ton monte. Puis la voix de Charles :

– Voilà pourquoi nous sommes là ! clame-t-il comme une évidence.

– Vous voyez bien qu'il n'y a plus rien de sensé chez elle. Internez-la, de grâce !

Une voix douce et sécurisante. Elle est allongée dans une chambre.

– Les examens sanguins ne détectent qu'une anémie. Une coupure à la main que quelques points ont suturée. Mais cela n'explique pas son état. Nous allons la garder en observation pour comprendre ce qui se passe. Pourriez-vous lui apporter quelques affaires ? demande le docteur Mour.

– Parce qu'en plus de gérer mon travail et les enfants..., s'insurge le mari.

– Monsieur, je crois que vous n'avez pas bien compris. Votre femme souffre de quelque chose qui à ce jour, nous échappe. Nous sommes inquiets et ne voulons pas prendre de risque, nous allons effectuer des examens complémentaires du côté du cerveau, coupa le médecin.

Sa journée fût longue et n'est pas près de se finir. Pas de place aux sarcasmes déplacés d'un homme de peu d'empathie. Il faudra qu'il demande à la psychologue de passer voir la femme dès demain. Une piste du côté de la maltraitance à explorer en plus de l'AVC ? On ne sait jamais.

Nick la trique

10 heures. Le réveil sonne encore. Cette fois Nick l'entend, et appuie sur ARRÊT en grognant. La bouche pâteuse, le corps endolori, il file dans la cuisine pour se réveiller au café, froid, de la veille. Pas le temps d'en faire passer un nouveau. À la deuxième tasse, en grimaçant chaque fois un peu plus, il tente de se remémorer la veille.

Soirée chez Benjy. OK.

Beaucoup de monde. OK.

Boire et danser. OK.

Embrasser la brune aux yeux noisette. OK.

Un vide.

Baiser la blonde dans les toilettes. OK.

Un vide.

Baiser avec Benjy une aux cheveux longs et l'autre aux cheveux roux dans la cuisine. OK.

Comment s'est-il retrouvé dans son pieu ce matin ? Aucune idée.

Note pour lui-même * *appeler Benjy en fin de journée* *

Il saute dans la douche. Son rendez-vous est à 11 heures, place Dauphine. Quarante-cinq minutes de trajet. Il est large. Il décide de laisser sa barbe de deux jours. S'il se plaque les cheveux en arrière, ça lui donne un côté sauvage classe auquel elles ne résistent pas. En vaporisant du parfum sur son torse, il ne peut retenir un cri de douleur. Une balafre du cou jusqu'au nombril. Quelle chienne lui a fait ça ? Pour sûr, la prochaine paiera pour ça ! Il se jette dans la bouche de métro. Malgré la pluie et le ciel gris, il revêt des lunettes de soleil. Trop de luminosité pour commencer la journée. En arrivant au bar de la place, sa cliente l'accueille les sourcils froncés.

– J'allais partir. Ça fait quarante-cinq minutes que je vous attends et trois fois que je vous laisse un message. Il ne me reste que quinze minutes à présent. Soyez bref et efficace.

Ça, facile ! Il en a l'habitude. Aucune ne s'est jamais plainte de sa redoutable efficacité. Il s'excuse platement, argumentant le port de ses lunettes opaques par la perte de celles de vue. Elle a un parfum entêtant. Envoûtant. Elle doit aimer dominer tout en espérant secrètement se faire soumettre. Pour sûr, il va lui donner ce qu'elle n'a jamais cru possible. L'extase !

Rapidement, il expose ses produits et services d'assurance. Mais c'est surtout sur sa performance d'orateur qu'il est concentré. Une voix posée, masculine, tout en étant sucrée. Il pose du miel, il sait déjà qu'il va l'attraper. Elle a une alliance. Pour sûr, elle n'a jamais grimpé aux rideaux. Il fait danser sa langue à chaque syllabe. Un sourire en coin, naïf, comme peu sûr de ses charmes. Il voit qu'elle le regarde. Sa langue bouge. Ses mains bougent au fil des mots. Il sait, il va se faire une manucure tous les quinze jours. Les femmes de goût sont sensibles à ces détails.

Puis il s'arrête net dans son discours.

– Je suis navré, j'abuse de votre temps, c'est de ma faute, j'étais très en retard. Peut-être pourrais-je me faire pardonner et ainsi continuer cette discussion forte intéressante en déjeunant ? Il y a un petit gastro juste à côté qui sert des mets étonnants et incontournables. Juste une petite heure et je vous libère !

Est-ce son sourire candide ou la gestuelle un peu maladroite mais touchante qu'il met en scène qui poussent son interlocutrice à céder ? Au fond, il se moque de le savoir précisément. Il a gagné. Il sait qu'il va la posséder et signer ses contrats. Lorsqu'il lui ouvre la porte de la suite, juste en face du restaurant, son cœur s'emballe. C'est son moment préféré. Telle une biche perdue, ne réalisant pas bien ce qui se passe, mais le cœur battant dans les tempes, il va lui faire le grand jeu du plaisir. Elle aura tout gagné, le contrat et la jouissance de sa vie.

Il l'assied sur le banc, au pied du lit. Délicatement, lui enlève ses escarpins, lui baise les pieds au travers de ses bas. Puis remonte lui déposer un baiser au creux de sa nuque, respirant pleinement l'odeur incroyable de ses cheveux. Il la sent. Lentement. Il entend la respiration de sa biche s'accélérer. Il embrasse du bout des lèvres son visage. Ses tempes. Puis d'une main précise, attrape sa nuque et lui dévore les lèvres. La pression, ainsi, la laisse toute à sa merci.

Il la bascule sur le lit, lui retire sa jupe. Déboutonne son chemisier. Puis se redressant, il prend une longue minute à la contempler. Sans mot. Il se mord la lèvre. Hoche la tête. Puis lui déclare sa gratitude de pouvoir contempler une telle beauté. Il l'attrape par une main. La redresse. Lui enlève son soutien-gorge d'une main experte. Lui caresse doucement un sein, puis l'autre, du revers de sa main experte. Retourne respirer sa nuque, tel un shoot addictif.

Et c'est là qu'il enchaîne le piège bien rodé. Il lui mordille le cou. Elle gémit. Il lui attrape alors les fesses, roule son tanga qui tombe aux genoux. La pousse sur le lit et fonce sur elle. Il est encore habillé. Elle va le désirer à l'en supplier. Il prendra le temps de se dévêtir. Puis sans aucun relâche, il dansera entre ses cuisses, de plus en plus profondément, au rythme de ses hanches qui se cabreront sous les allées et venues.

C'est lorsqu'il lui maintiendra les mains fermement plaquées au-dessus de sa tête qu'elle va jouir. Totalement abandonnée, sans aucune autre possibilité que de recevoir du plaisir, encore et encore, variant rythmes et saccades à lui en faire perdre la tête.

Bon, il n'a pas toute la journée non plus.

– Vas-y ma beauté, donne-moi ta jouissance. Vas-y ma chérie, laisse-moi sentir ton liquide de plaisir. Je veux te sentir me serrer en toi comme jamais. Je veux venir te boire. Donne-moi, lui dit-il fermement.

Il la sent monter en plaisir. Sa respiration s'emballe. Sa bouche est grande ouverte. Son front se plisse. C'est là que d'une main, il lui attrape fermement un sein. Pesant de tout son corps entre ses cuisses et ses poignets. Elle jouit, en grand bruit. Lui ne s'arrête pas. Continuant le va-et-vient effréné dans son sexe contracté de plaisir. Alors qu'il sent qu'il va éjaculer, il se retire. Lèche le sexe humide et gonflé. Frotte son visage. Il sait que sa petite barbe va lui procurer une douce souffrance. Il appuie plus sa barbe tout en bougeant. Elle ne cesse de gémir. C'est alors qu'il monte s'asseoir sur son visage. Il le caresse avec son sexe. Puis lui engouffre dans la bouche. C'est lui qui fait le mouvement. Il sait ce qu'il aime. C'est toujours comme ça qu'il termine. Jouant en pressant les joues. Entrant et sortant à sa guise dans la gorge offerte. Son foutre sort. Il plisse les yeux, les lèvres pincées.

Alors qu'elle se rhabille, il lui donne rendez-vous pour le lendemain pour signer les contrats. Il procède toujours ainsi. Il lui embrasse les mains, lui sourit puis file. L'après-midi file comme l'éclair. En sortant de la dernière réunion hebdomadaire, il exulte. Ses résultats sont de loin les meilleurs de l'équipe. Ses analyses pertinentes. La direction lui confie un gros dossier. Le plus gros de sa carrière. Il a bien compris qu'en signant celui-là, il monte en grade. « Te rate pas Nicky. » Le rendez-vous est pour le lendemain en fin de journée. Oh merde, il va devoir bosser ce soir... pas de fiesta chez Mike et Benjy. Fait chier. Il aurait eu bien besoin de baiser une ou deux vierges pour canaliser son stress et garder l'esprit clair. Bon, il va s'y mettre en rentrant et avec un peu de chance, il pourra rejoindre ses potes en fin de soirée.

Tracy la perfectionniste

6 heures 59. J'éteins le réveil avant qu'il ne sonne. C'est un signe ! La semaine va être exceptionnelle. Je suis prête avant l'heure.

Un thé matcha, une tartine aux châtaignes avec du beurre salé, et douche à l'eau froide pour stimuler la circulation sanguine. En plus ma coiffeuse m'a dit que cela tonifie le cuir chevelu. Faut que je retourne faire ma manucure en fin de journée. Être en parfait état pour la réunion aux Galeries de Bordeaux demain. Ça avance bien tout ça. Demain Bordeaux, mais après-demain Paris, c'est sûr ! Vas-y Tracy, tu es la meilleure !

Cinq ans que je développe ma marque, la présente, la peaufine. D'abord en petites boutiques chics, puis maintenant Les Galeries Lafayette. Quelle reconnaissance ! Tout le monde, de la couturière à la vendeuse, a compris ma différence à présent. Ce fut long de leur transmettre mes idées novatrices. Personne ne voulait me suivre au départ. J'ai dû tout faire toute seule, dans mon studio de Montmartre. Les patrons, la réalisation, la com'. Tout. Avec ce souci d'excellence et peu en banque. Finalement, c'est ce qui m'a permis de trouver ma place. Du sur-mesure pour *Madame tout le monde.*

L'ouverture de ma première boutique il y a deux ans a été décisive dans ma réussite. Après ça, les banques se sont mises à me soutenir, m'accueillir en cliente VIP, me proposer des solutions très avantageuses. Des défilés en Europe aux soirées mondaines, je suis en quelque sorte devenue incontournable. J'avoue que le tailleur fait pour Marion Cotillard lors de sa dernière avant-première m'a beaucoup aidée. Je n'ai pas eu de la chance. J'ai su aller la chercher ! Et j'ai choisi de ne pas m'exposer sur les photos people, pour préserver mon anonymat et ma vie privée.

Ma vie privée. Elle est tellement compliquée. Je ne comprends jamais ce qui se passe. Mais je mets fin très rapidement à mes relations. En quelques semaines, je vois le tableau du beau. Je fais le tour du mâle. Il m'ennuie, ne me surprend plus, ne me fait pas atteindre l'orgasme. Tellement prévisible, que je pourrais répondre avant qu'ils n'ouvrent la bouche. Pourtant, je varie les statuts sociaux, les lieux de rencontres, les cercles d'amis... rien n'y fait. C'est toujours le même scénario. Une intensité géniale au début, malgré le temps restreint disponible. Des messages fins, drôles, puis érotiquement intéressants pour le premier barrage passé. Des centres d'intérêt variés. Parfois même, un sens de l'humain bien développé. Et puis arrive le moment où je ne suis plus du tout enthousiaste. Je les vois venir de loin. Comme si je les connaissais depuis toujours. Et ce n'est pas flatteur !

Je veux du jeu, du sérieux, du cœur, de la légèreté subtile, de la curiosité, du respect, du tact. Un brin animal en sexualité mais surtout une imagination sans cesse renouvelée. Je ne veux pas savoir à l'avance ce qui va se passer. Et je veux pouvoir me nourrir du moment partagé pendant quelques jours, n'ayant de toute façon pas d'espace pour le renouveler rapidement. Deux mois, c'est la moyenne de durabilité. Et je recommence.

Mes amis me disent que je suis trop exigeante. Que je cherche la perle rare, le mouton à cinq pattes, l'Hercule échoué. Mais non. Je le sais. Il y a quelqu'un qui est fait pour moi quelque part. Mes parents, et certains de mes amis me disent qu'il faut que je réduise mon tableau Excel croisé dynamique du « bon » et des « il doit avoir ». Le temps presse. Il va être de plus en plus difficile d'avoir un enfant bientôt.

Même ma gynéco m'a recommandé l'année dernière de congeler des ovules, au cas où... Où quoi ? Je ne veux pas d'enfant. Ce n'est pas un crime quand même ! Mais pour arrêter de me l'entendre rabâcher à chaque fois, j'ai cédé. J'ai des œufs congelés. Que j'ai amèrement regretté au vu de la lourdeur et de la douleur des examens réalisés ! Le même qui a sonné le glas : anorgasmie. Je n'ai jamais eu d'orgasmes. Foutus questionnaires médicaux. Ils veulent toujours trouver plus que de raison.

Être mère. Ce genre de discussion a le don de me mettre en rogne. Ça se termine dans 90 % des cas en dispute. On m'annonce, crescendo, que je suis inconsciente du regret que je vais ressentir dans dix ans. Que mon travail étant bien posé, je peux à présent me donner plus de temps pour fonder un foyer. On m'octroie même le droit de faire un bébé toute seule, au cas où. Puis ça se corse. On me dit à demi-mot pas très imagés, que je suis dépressive et ensuite pire, égoïste.

Non, ce n'est rien de tout ça. J'aime ma vie telle qu'elle est. Bien sûr que j'aurais envie d'avoir un compagnon de vie. Un partenaire d'évolution, d'intimité, un soutien et un ami qui me connaîtrait mieux que personne. Mais je préfère être seule que mal accompagnée. Et avoir un enfant ne m'emballe pas du tout. Enfin je crois. La pression sociale finit par me faire douter, parfois. Cela n'a rien à voir avec mon corps déformé, je n'ai pas peur de voir ma poitrine tomber, de sentir le vomi la première année, de ne plus jamais dormir en sécurité.

Non, rien de tout cela.

Je ne veux juste pas avoir un petit être dépendant. Passer un temps infini à consoler, faire grandir en corps et en esprit, me réduire les premières années à un chamallow de gouzi-gouza. Devoir renoncer au soleil brûlant des vacances pour l'ombre des cyprès du parc d'à côté. Et le pire, devoir restreindre mon temps consacré à mes centres d'intérêt. Tout ça et bien plus encore. Je veux ma liberté. N'avoir que moi à gérer comme je veux et quand je veux. Ma vie a suffisamment de contraintes, je ne veux pas me rajouter celle-là. Est-ce égoïste ?

Mais mettre un enfant au monde ne l'est-il pas tout autant finalement ? Se rend-on compte, avant d'être immergé dedans, de ce que représente la parentalité ? À chacun ses choix, ses aspirations. Moi, c'est clair. Mais je veux bien faire don de mes œufs congelés à une femme qui rêve, sans le pouvoir, enfanter. J'attends un peu pour le dire à ma gynéco, je n'ai pas envie d'argumenter en ce moment. Ça me rappelle le livre de Fiona Schmidt *Lâchez-nous l'utérus*. Je ne suis pas un cliché de la société qui se reproduit pour accomplir sa mission féminine !

Jeanne la mycosée

À peine arrivée au restaurant que le chef lui tombe dessus :

– Tu me refais pas le coup d'hier, c'est clair Claire ? hurle-t-il au visage de Jeanne, un sourire en coin ne masquant pas son amusement du jeu de mots.

– Chef j'ai rien fait. C'est la console qui n'a pas décompté les plats. Comment je pouvais savoir qu'il n'y avait plus de moussaka moi ? s'explique Jeanne.

– M'en branle, ça c'est ton job. Plus jamais de clients qui passent leur sale nez par le hublot pour me réclamer ce qu'il n'y a plus, compris ? Je passe pour un incompétent qui sait pas compter bordel de merde. Aujourd'hui c'est brandade. Je te préviens que si tu merdes encore, tu leur feras avec ton foutre !

Jeanne baisse les oreilles. Elle a l'habitude. Deux ans qu'elle travaille dans cette brasserie. Il n'est même pas foutu de se souvenir de son prénom, qu'il change au gré des insultes, toujours sous amusement d'un jeu de mots à deux balles. Elle aurait besoin d'une clope... dans quatre heures !

Aujourd'hui, il y a une grande table de réservée, au nom de cet horrible costard-cravate qui se croit tout permis. Elle le prend comme un défi. À chaque fois, elle met une attention toute particulière pour qu'il n'est rien à redire. Et de plus en plus souvent, ça marche. Elle le voit alors pincer ses lèvres fines à l'addition, comme cherchant encore à redire. Elle ne lui demande plus si tout s'est bien passé. La taille du billet qu'il balance sur la table parle pour lui. Elle lui laisse croire qu'il domine, qu'elle obéit au doigt et à l'œil. Mieux, elle devance ses besoins. Juste pour lui montrer que finalement, c'est la chienne qui le domine. Saleté d'homme de pouvoir. Il se croit tout permis. Son estomac se serre déjà en dressant sa table. Il va lui reluquer le cul, respirer son odeur à chaque passage effréné pour le servir. Un chasseur puant.

Le bruit de claquement de la porte met fin à son monologue acide. C'est comme tous les jours, M. Pierre. Un adorable petit vieux pervers sans âge. Comme à chaque fois, elle lui amène son thé, qu'il aspirera en trente minutes, en lisant le journal de la veille. Il lui demandera de s'asseoir quelques minutes à sa table, parler du temps qu'il fait, et de « s'il avait dix ans de moins... » Qu'est-ce qu'il ferait même avec dix ans de moins ? Tous des salasses. Jamais elle ne s'assiéra en sa compagnie.

C'est comme ce type hier à la fête. Une discussion intéressante, de l'humour, des manières, et puis quoi ? Il voulait la raccompagner. No way ! Elle connaît la chanson ! Ça finit sur le tapis du salon, le pantalon aux genoux, alors qu'il l'a totalement foutue à poil. Même pas le temps d'avoir des irritations aux coudes qu'il a déjà fini et part. Bah oui, tout le monde sait ça, le tapis, ça brûle ! Enfin, c'est ce que disent ses copines. Celles qui s'envolent au-dessus des nuages, n'ont plus de voix le lendemain tellement elles ont crié de plaisir, et peinent à marcher ensuite. De toute façon, les seuls cris qu'elle connaît, ce sont ceux des douleurs du lendemain. Entre infections urinaires et mycoses qui grattent au sang. Non, faut qu'elle arrête d'espérer à chaque fois, que cette fois, ce sera différent. Alors elle arrête tout court.

Elle a lu la semaine dernière que l'abstinence était à la mode. On flirte, on se bécote et bonne nuit. La voilà la solution ! Ou alors l'amour romantique. On s'écrit mais on ne se voit jamais. Mais quel bonhomme va pouvoir se la mettre sur l'oreiller tout en restant poétique et attentionné ? Encore un coup fourré pour mieux nous fourrer. Même virtuellement maintenant, ils poussent à la sexcam. Non merci. Pas pour elle. Quel est l'intérêt d'utiliser son petit doigt à clito vibrant en matant un pauvre type se tirer sur le manche en même temps ? Mais s'il n'y a que ça...

Rien de bien glamour tout ça.

Font chier ! Pas un pour prendre le temps de se connaître, sortir pour se rencontrer, comprendre les rires, les silences, avant de pouvoir s'abandonner l'un à l'autre !

Mais qu'est-ce qu'elle raconte ? On n'est pas dans un livre de Brontë.

Et ça, elle l'a bien compris. Alors elle leur donne ce qu'ils veulent, puis coupe les ponts. Bonjour au revoir. C'est cher payé, pourtant, pour quelques minutes. Entre les ovules, les tests urinaires et les antibios, elle penche à présent vers l'abstinence. Ça fait d'elle une frigide ? Une beauté glacée comme l'appellent ses potes ? Une allumeuse suceuse de bites dans les bars... ? Ils n'ont rien compris. Ça fait mal de baiser. C'est tout.

Le service fini, elle court dans le vestiaire se changer. Pour camoufler l'odeur de la morue du jour, elle s'asperge d'eau de parfum, de la culotte jusqu'aux cheveux. Sa copine Annie l'attend à l'autre bout de la ville. Un verre ou deux puis soirée théâtre. Elle lui parle depuis des mois de son groupe de sophro du vendredi et de ses nouveaux amis ! Aujourd'hui, enfin, elle les rencontre ! Mais elle voulait discuter avant de les voir. Lui expliquer le contexte et l'état d'esprit de ces gens. Bizarre. Elle n'était pas comme ça avant, Annie. Depuis qu'elle fréquente ce groupe, elle change beaucoup. Elle sort plus trop avec leur groupe. Elle n'est souvent pas disponible et enchaîne même le week-end avec des stages de yoga, respiration ou autres trucs de développement personnel.

En enfilant sa jupe et ses talons hauts, Jeanne se demande même s'ils ne vont pas être du style baba cool, pull en chanvre, en sirotant des jus pressés tout en parlant du dernier festival Woodstock ! Elle ne peut retenir un petit rire. Elle regarde trop la télé.

En sortant, la pluie battante lui fait vite décider de prendre un taxi. Sa clope au bec est trempée. Heureusement elle trouve rapidement un taxi libre. Dégoulinante, elle balance l'adresse au chauffeur. Ses pieds sont trempés. Les collants n'ont jamais été les trucs les plus étanchent qu'ils soient.

Son téléphone gongue. Un WhatsApp. C'est Bite Buddha Bar. Le mec qu'elle a rencontré vendredi en quinze. Ne sachant pas son nom, elle l'avait nommé comme ça. Bah oui, après trois verres, il l'avait royalement invité dans les chiottes des hommes pour qu'elle le suce. C'est à peu près tout ce qu'elle connaît et se souvient de lui. Depuis, chaque jour, il lui envoie, en milieu d'après-midi, une photo de lui se branlant quelque part. Alors, elle lui envoie une photo de sa culotte ou de sa chatte, en fonction de l'endroit où elle se trouve aussi. C'est un lien sympathique. Il pense à elle, ne lui procure pas de mycoses, et est régulier dans la présence. Top.

En remettant son téléphone dans son sac, après avoir discrètement immortalisé sa culotte, elle aperçoit un objet sur la banquette. Elle le saisit et sans y penser, prévient le chauffeur que quelqu'un a oublié un truc. Sans un regard dans le rétro, il lui répond d'une voix extraordinairement douce :

– Je suis Jésus. **Le miel a la vertu moelleuse de nous ramener en enfance, en toute sécurité, avec une vision plus large.**

Effectivement, c'est un pot de miel. Il vient d'un endroit dont le nom ne lui est pas inconnu.

– Prenez-le, il pourra vous être utile. Le miel guérit les plaies.

Bizarre ce mec. Jésus, la blague. J'te jure y a des prénoms qui sont chargés quand même. Et elle met le pot dans son sac.

– Chapitre 2 –
Mardi

Marguerite en bilan

Je me présente à 7 h 45 précises devant la porte de l'accueil. Il fait froid. L'assistante de suggère me mettre au chaud en attendant l'ambulance. Si elle savait comme j'ai envie de remonter dare-dare dans ma chambre. Le téléphone sonne déjà sans fin. Personne ne peut répondre, c'est le rush à cette heure-là ! C'est la petite à côté de moi qui s'y colle, visiblement mécontente. Je n'entends pas ce qu'elle dit, elle chuchote toujours celle-là (enfin je crois). Elle revient, l'air dépassé :

– Bon Madame T, l'ambulance peut pas venir vous chercher. Ils ont des soucis, je sais pas trop quoi, j'ai rien compris...

Les portes du hall s'ouvrent sur un monsieur propre sur lui, sourire aux lèvres comme le Jésus dans la crèche :

– Bonjour madame, si cela vous est possible d'être assise en voiture, je vais vous emmener au centre hospitalier. Je suis Jésus, à votre disposition.

La petite essaie bien de dire des trucs, questionnant le pourquoi il est là, comment il sait... Mais trop tard, je suis déjà accrochée à son bras offert avec tant de gentillesse et d'assurance. Pas un mot échangé de tout le trajet. La musique embarque mes pensées, Ella Fitzgerald, Louis Armstrong, Barbara... Un éventail émotionnel qui me plonge au cœur de mon histoire. Le fil du temps.

Jésus attrape mon bras pour m'extraire avec grâce de la voiture. Un tapis rouge au sol nous guide jusqu'à l'accueil. Il se retourne vers moi, les yeux puissants et me susurre :

– ***Vivre, c'est prendre la mesure de ses responsabilités et faire de son mieux.***

Puis il disparaît. J'en ai le souffle coupé. Je le connais, ce monsieur ? Mais déjà, le bal des examens commence, et je ne suis pas en robe de bal, mais à poil sous une blouse rêche transparente. L'anesthésie m'attrape, je...

Une main caressant mes cheveux me ramène à une réalité cruelle. J'ai mal partout. Je peine à ouvrir mes paupières. Un ange est à mon chevet, il est étrange. Vêtu de blanc, certes, portant un masque sur les cheveux et la bouche. Bleu. Puis le son de sa voix m'arrive :

– Tout va bien madame Tordjman, vous êtes en salle de réveil. Votre corps doit être un peu lourd, votre tête comme dans du coton, mais dans quelque temps ça va passer. Je ne peux pas encore vous donner à boire, mais promis, dès que vous remontez dans votre chambre, on vous en donne. Vous nous avez fait peur dites donc !

Je me sens bizarre. J'ai des images de salle grise qui reviennent. Le son de bip bip, des gens qui s'affolent autour d'un corps inerte. Je flotte au-dessus de tout ça. Ce corps est vraiment vieux, mais, c'est moi ? Puis je vogue vers une machine ronde énorme. Le bruit est assourdissant. Je passe dans la salle de commande, j'entends des voix, ils sont quatre. Les mots tumeur, invasive, mal placée. Elle a bien vécu. La laisser tranquille... Je reviens au-dessus du vieux corps en salle grise. Les sons et la lumière sont différents. Les tenues des gens autour aussi. Ils ouvrent le ventre. Ça parle fort, des machines se mettent à hurler. « On va la perdre on referme. »

Je suis dans une chambre, il y a une autre personne sur un lit à côté. Il fait sombre. La télé de la dame hurle. Est-elle bouchée ? Ce n'est quand même pas possible de mettre des âneries pareilles aussi fort. C'est le soir, je reconnais le présentateur du journal, enfin sa voix, parce que je n'ai pas mes lunettes sur le nez. Où sont-elles ? Où suis-je ? Paul, tu m'entends ?

– Gaston ? Gaston ?

Je crie à présent, du moins autant que ma voix me permet. Une personne en blouse arrive en ouvrant la porte et s'approche de moi. Un bref examen, j'entends surtout la douceur de sa voix, au loin. Le médecin passera me voir demain. La sonnette à côté de moi. Ne pas manger ni boire ce soir. La perfusion m'hydrate. Mes yeux se referment.

Laurent rend

6 h 30. Laurent attend nerveusement le taxi sur le bas de sa porte.

Quelle bande d'incompétents ! Il s'était rendu compte en arrivant au restaurant pour dîner qu'il avait oublié sa sacoche dans le taxi. Après de nombreux échanges virulents, il avait réussi à obtenir le retour de son précieux avant de repartir pour sa prochaine réunion à Bordeaux. Ce matin.

Il regarda l'arrivée de la berline d'une autre époque. Comment était-ce possible de continuer à rouler là-dedans de nos jours ? Il va falloir qu'il veille à ne plus jamais utiliser cette compagnie à l'avenir.

Le chauffeur se gare. Laurent trépigne.

– Bonjour Monsieur. Votre sacoche, tenez.

Laurent lui arrache presque des mains. Et avant qu'il n'ait eu l'occasion de dire quoi que ce soit, le chauffeur lui dit :

– Veuillez m'excuser. Vous étiez sans cesse au téléphone hier, je n'ai pu me présenter. Je suis Jésus. J'espère que tout est à l'intérieur. C'est en rentrant chez moi que j'ai remarqué que vous aviez oublié votre sacoche. Étrange qu'aucun autre client après vous ne me l'ait signalée. **Nous avons parfois des trésors sous les yeux que seul le cœur peut voir**. Je dois y aller je suis en retard. Bonne route, monsieur. Et il disparaît en un clin d'œil.

Laurent est un peu soufflé. Même pas eu l'occasion de pousser une gueulante bien méritée. Incroyable d'attendre si longtemps pour récupérer ce qu'il avait oublié ! Il se ressaisit vite, il doit prendre un vol dans deux heures. Il appelle un autre taxi, partagé entre le dégoût de remonter dans celui du Jésus apparu plus tôt, et rassuré de l'absence de choix.

En arrivant devant la borne d'enregistrement, on lui annonce l'annulation de son vol pour cause de mauvaises conditions climatiques. Bordel mais c'est pas vrai ! Faut qu'ils arrêtent de se palucher et il faut qu'ils aident les leaders comme lui à faire marcher l'économie. Putain d'assistés.

Un pays se disant développé ne peut plus, à l'heure actuelle, mettre des travailleurs comme lui dans la merde pour une couche de putain de brouillard !

Il appelle sa secrétaire. Elle ne répond pas.

Mais qu'est-ce qu'elle branle cette conne ? Il est 7 h 30 !

Il appelle la compagnie de voyages de l'entreprise. Elle aussi, fermée.

Son front commence à perler, malgré la température givrée. Il s'agite sur le trottoir de l'aéroport. Une girouette mise à mal par le vent. Un pantin à qui il manque des ficelles. Il aurait besoin de hurler des horreurs, des mots crus qui expriment toute sa rage face à la météo, l'incompétence générale des gens, leur manque de professionnalisme et d'engagement dans leurs actes... mais non, ce ne serait pas correct de beugler comme ça devant les quelques passagers qui s'affairent devant l'entrée. Il se jette sur un site en ligne pour réserver un train.

Une fois assis, malheureusement en deuxième classe, il ferme les yeux. C'est une odeur entêtante qui le ramène à la réalité. Une femme sublime, tailleur rouge, chignon impeccable, s'assied en face de lui. Elle est au téléphone. Visiblement, elle aussi devait prendre l'avion et se retrouve avec horreur dans le train, en seconde classe... Elle lui plaît. Il sent son sexe se durcir. Il entend qu'elle s'appelle Tracy. Un joli nom de salope.

Avec ce connard de taxi, il n'a même pas pu se détendre vite fait sous la douche ce matin. La journée commençait mal. L'enjeu de cette réunion du jour va être décisif dans l'accord avec les Chinois, qu'il retrouvera d'ailleurs demain pour conclure. Cela s'est joué à un cheveu pour que ça se fasse au dîner. Mais non, les Chinois ont été timides, ou peureux. Ils ont demandé un document manquant à la négociation. Il va devoir convaincre rapidement un partenariat. Fait chier. Et il va finir par s'éjaculer dessus en reluquant trop la poule de luxe.

Il sort son ordi et commence à parcourir ses mails. Merde, il n'a plus beaucoup de batterie et pas une seule prise électrique dans cette classe.

Le train part.

Sa voisine ne bronche plus derrière son écran. Le train s'arrête.

– Mesdames et messieurs, en raison d'un obstacle sur les voies, nous devons attendre l'intervention des services compétents pour les dégager. Nous estimons un retard de deux heures. Veuillez nous en excuser. Nous vous informons que le bar...

Bordel de merde c'est pas vrai ! Manquait plus que ça. Il tente d'appeler le responsable du site qui doit venir le chercher à la gare. Pas de réseau. Il sent un tremblement monter le long de ses jambes. Il jette un regard à sa voisine. Elle vient de se rendre compte aussi qu'ils sont coupés du monde, et se relance sur son clavier. Rester calme. Son ordinateur s'éteint. Plus de batterie. Cette fois, il sent que ses nerfs vont lâcher.

Ne pas perdre de temps. Il va bien trouver comment rentabiliser ce foutu temps perdu. Il ouvre sa sacoche. Il y voit un livre. Bizarre, il ne lit jamais. *Le chevalier à l'armure rouillée*, de Robert Fisher. Qu'est-ce que c'est que cette connerie ! Qui a mis ça dans son sac ?

Ayant un grand besoin de se canaliser, il commence la lecture. Qui sait, cela lui vaudra peut-être même de sauter la poule avant de descendre. Les femmes bien sapées aiment bien les hommes qui lisent. Et malgré son tailleur et ses grands airs, elle se fera joliment détrousser dans les chiottes d'une seconde classe. Toutes prévisibles.

Le train redémarre, mais Laurent ne se rend compte de rien. C'est fou comme un petit bouquin peut absorber. Au fil des chapitres, il sent son cœur battre. Comme un réveil de la sève au printemps. Il a chaud. Il est moite. Il sent le rouge monter aux joues. Son sang battre dans ses tempes. La dernière page. La chute. Magistrale. Le souffle coupé, il sent, malgré qu'il soit assis, qu'il vacille. Un truc intérieur. Indescriptible. Sans réfléchir, ses jambes le portent de leur mieux jusqu'aux toilettes. Là, sans même penser aux microbes dégueulasses de la populace, il baisse son froc, s'assied. Et coule. La merde, liquide. Les larmes, brûlantes. Il vomit même.

Laurent rend. Il rend tout. Tout ce qu'il avait refoulé. Au plus profond. Tellement, qu'il ne sentait plus rien. Il rend tout, mais sans analyse ni conscience. C'est son corps qui s'en charge pour lui. Comme un gardien bienveillant. L'heure est au nettoyage, pas à la masturbation intellectuelle. Un corps rigide, maigre, acéré, qui s'abandonne avec amour, douceur, accueil. Là, dans les chiottes de la seconde classe. Une seconde chance. Il se demande s'il n'est pas en train de crever. Puis les spasmes reprennent. La chiasse. Le vomi. Les sanglots. Son mental n'est pas invité au bal.

C'est l'annonce de l'arrivée proche de Bordeaux qui ordonne à ses membres de se rhabiller, se lever, rassembler ses affaires et descendre du train.

Tracy optimise

6 h 30. J'aime arriver en avance avant mes vols. Cela me permet de faire le point sur la journée. Je prends des notes, toujours, pour ne rien oublier.

L'annonce de mon vol annulé m'a sidéré. Bon sang, pas d'autres départs possibles, la météo reste la grande prêtresse. Je file prendre un train. Un taxi-moto me téléporte à la gare de Montparnasse. Mais horreur, la première classe est complète. Je vais devoir passer trois heures et trente minutes en seconde classe, pas de très très grande vitesse. Heureusement que mon portable est chargé à bloc. Je suis toujours très prévoyante. Anticiper un maximum de possibilités, pour ne pas être prise au dépourvu. Même s'il y en a toujours, la preuve, la météo n'avait pas été annoncée difficile hier soir quand j'ai regardé. J'attends un peu avant d'appeler la responsable des Galeries Lafayette qui doit m'attendre à l'aéroport, juste cinq minutes qu'elle ait pris son café !

Mon arrivée replanifiée, je regarde mon voisin d'en face. Il a l'air aussi réjoui que moi d'être dans cette rame. Il porte un costume de bonne qualité. Du sur-mesure, c'est évident. Son parfum camoufle un peu l'odeur du wagon. Juste ses grandes jambes m'obligent à tenir les miennes très repliées. Ça va être long.

Je sors mon ordi, j'ai de quoi m'occuper, ce n'est pas grave. Mettre à profit chaque instant libre qui m'est offert.

« *Mesdames et messieurs...* »

Bon, l'annonce de l'arrêt du train en pleine voie me génère du stress. J'envoie un SMS illico à la responsable qui devait venir me chercher. Heure d'arrivée à confirmer. La méthode Coué que je pratique depuis deux ans va me sortir de cet état qui monte en charge ! Allez Tracy, tu vas avoir le temps d'avancer sur le dossier de négo de juin...

Je respire lentement, les yeux perdus sur l'écran. Je mets toute mon attention au bord de mes narines. Je sens l'air frais qui entre, l'air plus chaud qui ressort. J'inspire lentement, comme dans une paille, pour faire monter l'inspire fraîche jusque derrière mon crâne. Je sens l'expire plus chaude, qui nettoie avec elle mes tensions. Dernière étape : j'inspire l'air frais par la narine droite, ça monte au sommet du crâne, ça ressort plus chaud par la narine gauche. Encore et encore, je visualise le triangle d'or lumineux que dessine cette respiration alternée. Je me sens plus calme. Enfin présente à ce qui est, je reprends mon étude, concentrée.

J'entends mon voisin grommeler. Je me retiens de rire, mais sa batterie d'ordinateur est à plat et il cherche frénétiquement une prise, inexistante dans ce wagon de bas niveau. Je ne veux pas faire ma curieuse, mais il a l'air énervé. Heureusement, il prend un livre et calme ses jambes qui me frôlent sans cesse, dans son agitation. Tiens, un bon point ça un homme qui lit. J'ai autre chose à faire, mais je serais curieuse de savoir ce que ce style d'homme peut lire. Il a l'air coincé, tendu, les mâchoires toujours serrées sur de petites lèvres pincées. Un air cynique que je n'apprécie pas du tout.

Au bout d'un certain temps, il se lève. Il n'a pas l'air bien. Il est d'une pâleur à faire peur. Bon, je me reconcentre sur les mails, ça ne cesse d'arriver depuis une heure.

« *Mesdames et Messieurs, le train va entrer en gare de Bordeaux Saint-Jean...* »

Tiens, le voisin arrive comme une tornade, ramasse ses affaires, enfile son manteau et part en trombe. Je ferme mon ordi et rassemble mes affaires. En enfilant mon manteau, je remarque le livre du voisin, oublié. Je le prends, je lui rendrai sur le quai, le couloir est déjà bondé.

J'aperçois mon nom sur une tablette que porte une élégante femme d'âge mûr. Je suis très en retard sur mon planning, j'ai dû réaménager tout le déroulé de ma journée. Allez, pas de mauvaise énergie, adaptation, positivisme, on y va.

22 heures. J'arrive enfin dans ma chambre d'hôtel.

Nick jubile

Nick arrive à neuf heures au bureau. Il briefe sa petite équipe. Deux gars et un stagiaire. Le dossier de ce soir est chaud. La veille, il a élaboré sa stratégie une bonne partie de la nuit, mais il a besoin d'analyses de marché, de stats, de comparatifs. Même pas eu le temps de répondre aux nombreux appels de ses potes. Il s'est écroulé sur ses papiers et s'est couché vers 5 heures ce matin dans son lit.

Il file rejoindre la poulette de la veille pour la signature convenue. Mais l'excitation n'est pas pour elle. Il est tout entier tourné vers le rendez-vous d'après. Évidemment, elle s'est apprêtée comme pour un dîner de gala. Allant jusqu'aux bas couture. Elle lui sourit comme une lionne, pensant avoir le contrôle de la situation, tout en se rendant compte qu'elle est piégée. Piégée parce qu'elle perçoit rapidement qu'il n'a plus le même comportement que la veille. Et que l'angoisse de ne plus revivre ce partage de sexe animal et primaire la prive soudainement d'oxygène. Nick le sent. Il savoure un peu sa victoire. Lui fait signer les papiers rapidement, sans café ni doigté. Puis en partant presque déjà, lui murmure :

– On se voit ce soir ma chérie.

Et sort en pressant le pas.

Ça lui est venu comme ça. Elle était bonne au fond. Il a bien aimé son odeur, son ondulation du bassin. La courbure de ses pieds. Juste un dernier coup, c'est cadeau, elle le mérite.

Il décide d'aller à la salle de sport. Besoin de pousser un peu de fonte. De suer. D'avoir mal. Ça va lui donner la patate pour l'entretien décisif. À 37 ans, il serait le plus jeune associé du groupe. Il s'imagine les vacances de rêve qu'il va s'offrir. Bien sûr il emmènera Benjy et Mick, et peut-être même

Fred. Putain, ils vont aller à Mykonos, ça va déchirer grave ! Une semaine de danse, de baise, d'alcool et de bonnes bouffes. Comme si tu partais un mois. De la balle ! Une idée de génie qu'il vient d'avoir. Il envoie un message à Benjy :

« *Commence les UV michton, dans un mois on se grille les poils des couilles à Mykonos.* »

Jeanne se souvient

Le réveil sonne. Jeanne a mal dormi. Des rêves, non, des cauchemars, toute la nuit ! Elle est enfant, dans un endroit inconnu. Il y a le feu de camp, les randonnées, les copines, les animateurs… et à chaque fois elle se réveille en hurlant. En sueur, incapable de comprendre la peur qui bat sur ses tempes et raidit son corps. Il faut penser à autre chose, laisser les rêves à la pénombre floue de la nuit.

Elle repense à la soirée d'hier, avec Annie et ses nouveaux potes. Ils étaient chouettes finalement, elle s'en veut presque d'avoir eu autant d'a priori en y allant. Annie a changé. Elle a l'air épanouie, sereine, sans artifices. Sûrement que son mec lui fait du bien. Je dois dire qu'il n'est pas forcément beau au premier regard, mais il se dégage de lui une douceur incroyable. Il est drôle et m'a posé beaucoup de questions, juste parce que la personne que j'étais lui importait. Aucun mec ne m'a draguée. On a juste passé une bonne soirée à discuter de nombreux sujets, intéressants d'ailleurs. Chacun manifestait un engagement fort dans leur vie : l'écologie, la nature, le management bienveillant, la pauvreté, les femmes battues, la monnaie locale. Elle n'avait jamais réalisé qu'elle aimerait bien s'engager elle aussi. Prendre part à l'humanité comme le disait le grand blond hier, avec un sourire d'ange.

Elle s'était sentie mal à l'aise d'ailleurs, de sa tenue. Mais les autres n'en ont pas fait cas. Personne ne lui a reluqué les fesses pourtant moulées dans sa jupe, ses seins offrant un plongeant olympique, ses mollets galbés par ses trop hauts talons. Les autres filles du groupe étaient toutes plus simples, quelques-unes sans maquillage, même une sans soutien-gorge ! Et pourtant, elles étaient toutes jolies. Quelque chose émanait d'elles. Une beauté intérieure qui illuminait tout l'extérieur. Oui, c'était ça. Elles étaient sincères, simples, sans jouer un rôle de séduction ni de mise en avant compétitive. Elle s'était juste sentie femme parmi d'autres. Chacune très différente par leur apparence, mais toute féminine à leur façon, sans en faire des tonnes.

Jeanne s'était sentie déstabilisée en fait par autant de simplicité. Même les garçons présents ne jouaient pas de leurs attributs. Ils étaient juste une bande d'amis venant partager un verre, des idées, des opinions, réagir en essayant de se comprendre, et de ressortir grandis de l'échange. Le spectacle était génial d'ailleurs. Drôle et subtile. Elle s'était sentie grandie en tout cas. Même si elle pouvait mesurer qu'elle n'avait rien à dire sur ses actes pour changer son monde, elle n'en avait tout simplement pas pris conscience. Mais hier, cela lui apparut clairement.

Il était temps de donner du sens à sa vie. Pas seulement bosser pour survivre et se divertir. Mais aussi apporter sa part à l'édifice « VIE ». Il faut absolument qu'elle regarde ce film dont ils ont tous beaucoup parlé, DEMAIN. Elle va se le procurer aujourd'hui.

En prenant sa douche, ses mains savonnant énergiquement sa peau, elle se met à pleurer. C'est comme si c'était la première fois qu'elle le sentait. Une étrange sensation de mains inconnues qui parcouraient son corps. Le téléphone sonne. Elle s'arrache à ses pensées.

Personne au bout du fil.

Elle va se préparer un thé. À côté de la bouilloire se trouve le pot de miel trouvé dans le taxi. Elle se dit qu'une bonne cuillère dans sa tasse ne peut que lui faire du bien dans cette grisaille hivernale. En plongeant la cuillère dans le pot, elle est assaillie d'images, de sensations. La chaleur du soleil sur sa peau. Les rires des enfants curieux autour des ruches. La peur un peu de se faire piquer. Les crêpes dégustées après leur récolte. Les rires encore. Puis l'effroi. Les cris retenus. Les menaces si elle parle. Les mains intrusives sur son petit corps. Une voix qui lui répète que personne ne la croira. Les doigts qui s'immiscent entre ses cuisses. Son corps tendu, un brin de paille sous le corps lourd de l'animateur. La nausée l'envahit. Elle s'assied à même le sol. Les larmes roulent. Bientôt des cris sortent de sa gorge :

– Non, laisse-moi. Je ne veux pas. Tu me fais mal. J'ai peur. Que fais-tu ? Maman au secours...

Des mots qui n'ont jamais pu sortir. Des images qui n'ont jamais pu être accessibles. Il lui avait simplement demandé de l'aider à ranger. Il avait fermé les portes de la cuisine. Puis il avait parlé très vite, sans arrêt, ne la laissant plus respirer ni penser. Un flot de paroles et de gestes qui l'avaient tétanisée. Il disait tout ce qu'il faisait, un doigt dans le trou du pipi, un doigt dans le trou du caca, le plaisir qu'elle devait ressentir, la chance qu'un homme lui offre autant de joie. Qu'elle n'allait jamais rien dire à personne, que c'était leur secret. Que seuls les adultes connaissaient ce plaisir, mais que lui avait la gentillesse de lui offrir. Que si elle parlait de ça, elle serait punie, traitée de menteuse, et pire, qu'il irait tuer ses parents d'avoir révélé un si grand secret ! La lourdeur de son corps sur le sien, se frottant de plus en plus vite. Quelle belle femme elle allait devenir, il le savait, elle était déjà une si belle pétasse...

Tout lui revient. Après vingt ans de refoulement. Bien sûr qu'elle avait été bizarre les premiers mois. Mais elle avait su courageusement faire comme si. Ses parents n'ont rien perçu, rien demandé, autre que le « Alors c'était bien cette colo ? » Comment auraient-ils pu imaginer ? Puis elle avait oublié. À force de faire comme si, elle s'en était convaincue aussi.

Aujourd'hui, elle est adulte. Et en serrant dans son cœur la petite fille qu'elle était, elle sent la colère monter. Sans le réaliser, elle avait laissé ce connard colorer sa vie de femme. Elle a accepté d'être une jolie princesse, utilisée. Oui, elle avait seulement suivi les prédictions de ce malade. Se faire belle, être excitante, être désirée, donner du plaisir mais n'en retirer aucun. Ne pas se respecter en laissant l'autre l'utiliser. Lorsqu'un homme bien s'en approchait, le faire fuir rapidement, comme si elle ne le méritait pas.

En se relevant, une force nouvelle la porte. Elle se dit « OUI ». Oui au respect, oui à l'amour, oui à la justice, oui à la blessure. Maintenant qu'elle voit, qu'elle comprend, elle remercie ses mycoses vaginales de lui avoir envoyé un doux message. Elle est désolée de n'avoir pu comprendre. Parce que bien sûr, ces petits champignons venaient attirer son attention, pas en punissant, mais en lui demandant de se partager avec sens et respect. Et comme elle ne les écoutait pas, elles revenaient sans cesse lui imposer l'impénétrabilité de son sexe sacré maltraité... par elle, en laissant d'irrespectueux arrivants la pénétrer.

Elle va avoir besoin d'en parler à un psy, elle le sent, mais la force qu'elle ressent lui donne le courage de faire la paix avec son passé. Non pas en pardonnant au connard, mais en acceptant ce qui s'est produit, et en agissant aujourd'hui avec discernement. Le pardon. Mais pour elle-même. Cela lui rappelle un article qu'elle a lu récemment sur une méthode de développement personnelle, le Ho'oponopono. Elle se souvient avoir rigolé en lisant ces trois mots simples : je t'aime, pardon, merci.

Aujourd'hui, ils ont une autre saveur. Une autre dimension, sans trop savoir encore en quoi.

Bérénice éphémère.

Le rythme de la vie à l'hôpital est très étrange. Bien que Bérénice soit seule dans la chambre, le bruit incessant des allées et venues du personnel, les transmissions de couloirs, les visites perpétuelles de contrôle de tout et rien, sont épuisants. « Vous avez uriné ? Vous n'avez rien mangé, faut se forcer un peu ma p'tite dame. Pour la toilette, elle va y aller comme une grande n'est-ce pas ? »

Puis une dame entre. Ses chaussures ne sont pas en plastique. Ce n'est pas une infirmière. Elle se présente. Elle est la psychologue. Elle passe chaque jour dire bonjour, discuter si elle en a envie. Elle ne peut pas comprendre que rien ne peut sortir de sa bouche. Aucun son, aucun rictus facial. Rien. Bérénice est comme la reine des neiges. Les enfants... qui prend soin d'eux en ce moment ?

Au bout de quelque temps, elle se lève de la chaise qu'elle avait rapprochée du lit de Bérénice, l'informe qu'elle repassera demain la saluer. En espérant qu'elle sera plus disposée à échanger. C'est pour son bien. Personne ici ne comprend ce qui se passe pour elle et ils sont inquiets.

Inquiets ? Cela fait si longtemps que quelqu'un n'a pas ressenti cela à son égard. C'est elle qui s'inquiète, depuis si longtemps. De se tenir comme une bonne fille à la maison. De ne pas décevoir sa mère. De ne pas recevoir de regards exaspérés et déçus de son père, visiblement aussi bavard qu'elle aujourd'hui. Il y a des silences qui sont pires que les mots. Au moins, elle aura eu un parfait équilibre entre sa mère et son père. La parole divine accusatrice et le silence de mort. Elle a toujours mis tout en œuvre pour les rendre fiers d'elle. Répondre à leurs attentes de bonne fille, puis de bonne épouse, et enfin de bonne mère.

Le plateau-repas arrive puis repart à l'identique.

La porte s'ouvre sur une autre femme, sans chaussures en plastique. Bérénice tourne les yeux vers le ciel de la fenêtre. Elle entend comme un tintement de clochettes qui se rapproche. La femme se prénomme Angela. Elle est relaxologue. C'est le rayon du soleil embrassant son visage qui détourne les yeux de Bérénice, lui montrant le chemin, jusqu'à croiser les siens. Elle s'assied sur le bord de son lit, a ses pieds, comme une madone. Elle pose délicatement une main chaude sur le drap recouvrant sa jambe. Une incroyable sensation de chaleur irradie la zone, poussant Bérénice à prendre une grande inspiration tant le ressenti est puissant. C'est comme si on avait ouvert la fenêtre d'une pièce minuscule après de longues années.

Bérénice sent sa tête bouger pour acquiescer. Angela venait de lui proposer un massage des pieds. Elle sort un flacon d'huile de sa poche. L'odeur de la fleur d'oranger submerge les narines de Bérénice. Mais ce n'est rien comme bonheur, comparé à ce que le contact de deux mains douces, habiles et sûres d'elle, lui procurent sur ses pieds, puis les tibias.

Des mouvements de haut en bas lents, mais fermes. À chaque fois que les mains arrivent aux pieds et tirent vers le vide, c'est comme si elles retiraient quelque chose d'elle. Des couches, des voiles. Elle ne sait pas dire. Des vagues d'émotions la traversent, pour ne laisser que le sable blanc et pur derrière. Il n'y a pas de mots échangés. Pas de regards. Pour la première fois, elle reçoit. Sans contrepartie. Cet ange est là juste pour elle. Sans rien exiger en retour. Sans besoin de se demander comment elle doit se comporter en retour. Elle reçoit.

L'odeur de l'huile fait voyager son esprit. Elle est assise au soleil, les cheveux au vent, un sourire serein sur le visage. Les rayons du soleil caressent sa peau, douce et souple. Pas de pensées. Juste de la présence. Puis Angela pose ses mains sur ses pieds. Ne bouge plus. Et lui dit :

– Merci. À demain, reposez-vous bien, ma belle.

La porte se referme, les émotions explosent au coin de ses yeux.

Sa gorge est serrée. Impossible de libérer le moindre sanglot qui pourtant pousse dans sa poitrine, en feu. Les images défilent à une vitesse folle. La boule au ventre sur le chemin du retour de l'école chaque jour, beaucoup plus douloureux qu'à l'aller.

Avoir un comportement exemplaire devant la maîtresse. Des notes convenables mais pas trop remarquables. Penser, mais ne pas trop l'exprimer. Les colères de sa mère si elle monopolisait l'attention et lui volait la lumière. Les regards assassins de son père pourtant tant absent, quand les rapports de comportement lui étaient fait le soir dans la cuisine. La honte de ne pas être à la hauteur de cet homme brillant dans son travail, mais sans vie personnelle. Sans geste d'affection pour personne, pas même pour lui. Une garde-robe garnie des mêmes vêtements, pour ne pas se mettre en avant, mais qui murmurait facilement une remarque acide pour remettre chacun a sa place, en dessous de lui, ce génie incompris.

Sa femme, invisible à ses yeux, mais qui prenait toute la place, sentait un parfum fort, mettait trop de laque sur ses cheveux crêpés en chignon haut, comme pour se grandir sur les tomettes de sa cuisine, seuls spectateurs de sa beauté qui se fanait.

Elle revoit les cheveux tomber sur ces tomettes, quand, ayant perdu du sang pour la première fois, vers ses 13 ans, affolée, ne comprenant pas ce qui se passait, sa mère l'avait attrapé fermement. L'avait assise sur une chaise au milieu de la cuisine. Avait saisi les ciseaux pour découper la viande du dimanche, et avait coupé court la longue chevelure bouclée de l'adolescente, à présent devenue une femme, lui avait-elle dit.

Au lycée, sa mère venait toujours l'accompagner et la chercher à la sortie. Il n'était pas envisageable qu'elle se perde dans le péché des relations futiles avec des garçons. Pas de soirées pyjama chez les copines le week-end. Pas de coups de fil interminables après l'école. Du travail scolaire, des tâches domestiques à perfectionner, des vieilles connaissances à aider dans leur quotidien avec sa mère.

La tête lui tourne. Elle sent la nausée arriver. Sûrement l'odeur épouvantable émanant du plateau qu'elle n'a pas vu venir.

La porte s'ouvre. Le docteur Mour arbore un faible sourire.

– Bonsoir Madame. Je suis le docteur Mour. C'est moi qui vous ai reçu hier et ai demandé votre hospitalisation. Rien de bien inquiétant dans vos résultats d'analyses sérologiques. Nous allons effectuer un scanner par mesure de sécurité. C'est votre comportement qui nous inquiète. Vous ne parlez pas et ne mangez pas depuis votre arrivée. Il va falloir que nous travaillions tous ensemble pour comprendre ce qui se passe pour vous en ce moment. Bien que nous soyons une clinique polytechnique, vous êtes pour le moment en hôpital de jour. Mais nous ne pourrons pas vous garder plus de trois jours sans justification valable. Alors, sans amélioration de votre état d'ici là, nous vous placerons dans le bâtiment psychiatrie pour d'autres soins. Avez-vous quelque chose à me dire ou à me demander ?

Elle fait non de la tête. Les mots se bousculent dans sa tête. Incapable d'intégrer le bon tiroir dans l'armoire de la compréhension. Alors de là à répondre...

Il referme la porte derrière lui. Il sent que quelque chose chez cette femme est stable, structuré, et il est convaincu qu'aucune pathologie psychiatrique n'affecte cette patiente. Son intuition lui souffle que ce doit être plutôt du côté du mari que se trame un truc. Elle n'est qu'un dommage collatéral. Il avait pas du tout aimé son comportement de la veille. Suspect. Sans inquiétude et même rude.

– Ah ! Mour. Fallait que je te voie. Qu'est-ce que c'est que ce cas dans la 15 ? On a besoin du lit rapidement, la gériatrie est débordée et nous demande de l'aide pour accueillir la vague saisonnière de la grippe, lui lance entre deux portes son confrère.

– Je dois effectuer d'autres examens. Je ne voudrais pas passer à côté d'une lésion cérébrale. Laisse-moi deux jours.

Il va devoir trouver de petits examens en attendant pour justifier sa présence ici. Il ne peut pas se résoudre à l'envoyer en psy tout de suite. C'est étrange, mais il se dit que si quelqu'un avait pu avoir cette attention protectrice avec sa mère, ils n'auraient pas vécu tous les deux des années d'enfer avec son père violent, dont seule la mort prématurée les avait délivrés. Il va en parler avec le staff discrètement. Ils vont bien réussir à trouver une piste pour la garder un peu là.

Johnny se dit

Les yeux à peine ouverts, Johnny savoure le paradoxe de son corps. Sa bite lui barre le ventre alors que ses seins se déploient généreusement sur son torse. Encore quelques jours et il aura fait le choix, pleinement assumé et affiché.

Depuis quelque temps, cela lui pesait. C'était trop ou pas assez. Certes il a passé une étape lorsqu'un matin, il est venu au magasin avec un joli rouge Chanel sur les lèvres. Ses collègues avaient cru à un défi Facebook à relever, pour gagner un mois de salaire, sur de ces radios pour jeunes en mal de défis.

À 42 ans, il s'est dit que c'était peut-être le jour de leur dire. Il l'avait plus d'une fois imaginé, mais pas comme ça. Pas un matin, comme ça, devant une pile de carrelage 60 par 60 cm, bleu pâle, soldé.

Pourtant, il était évident de répondre à cette pulsion de se peindre les lèvres avec un rouge. Fallait se montrer tel qu'il se vivait. À présent, profitant encore machinalement de son érection matinale, il décompose son passé. Devant la promotion de la semaine, il avait attendu que les blagues s'arrêtent, la tête baissée. Non ce n'était pas un jeu, et puis si, c'était bien lui. Il était une femme, pas un homo, pas une tapette, une tantouze, un pédé... non, il est une femme. Il le savait depuis... toujours en fait, ou presque.

Tous s'étaient tus. Il n'avait rien à ajouter, il avait regagné le vestiaire. Depuis longtemps, il composait avec sa dualité. S'en était terminé. Ce premier pas au boulot lui avait permis de faire la chirurgie plastique dont il avait besoin. Ni trop petits, ni trop gros. En harmonie avec sa carrure.

Il se souvient comment il a su qu'il était une femme. Un dimanche soir, il a vu apparaître Fanny Ardant sur l'écran du téléviseur familial. Du haut de ses 6 ans, tout lui a paru clair. « Demain, c'est sûr, je serai elle », s'était-il dit. Pas l'actrice, non, la femme. Ce regard, cette bouche, cette hauteur, cette respiration, la couleur sur ses lèvres. Il avait partagé sur-le-champ cette évidence, avec son père, qui l'avait regardé de toute la circonférence de ses yeux, qui ne clignaient pas. Il n'a jamais su ce qu'il y avait vu. Au-delà de la surprise, de la peur, peut-être, d'avoir conçu, quelque chose d'indéfinissable. Une chose en chair et en os, une partie de lui qu'il ne pouvait pas ranger dans le monde qu'il connaissait.

Son père était un ailier de l'équipe locale, comme son père avant lui, ses cousins ou ses oncles. Jouer avec l'ovale des ballons leur semblait évident. Les évidences sont toutes personnelles et celle que venait d'avouer son fils de 6 ans n'en était pas une, pour son père. Et même si, sur le moment, il balaya cette déclaration comme un mot d'enfant, la conviction qui l'accompagnait imprima un inconfort en sa présence qui perdure encore.

C'est son père qui avait choisi son prénom. Johnny, comme son idole.

Tout paraît simple gamin, comme changer de sexe. C'est un projet de vie comme un autre.

La femme d'à côté, c'était le titre du film. Johnny soupçonnait déjà qu'il n'était que locataire de son corps et que sa pleine propriété, sa jouissance complète, adviendrait plus tard.

Ce dimanche soir, il avait noté dans le regard de son père qu'il y avait quelque chose d'incongru dans sa déclaration. Il bravait un interdit de toute son innocence. Et depuis, oui, il le savait, il y avait une femme qui se tenait à côté de lui. Il le regardait parfois au fond des yeux, puis souvent il lui avait tourné le dos, pour convenances si impersonnelles, et pendant longtemps.

Toutes les femmes sont une source d'émotion, joyeuse ou tragique. Lui, il aime le sens du détail. Un collant Plumetis sur un mollet galbé, un vernis rouge sur un ongle en amande, un sautoir s'amusant d'une poitrine épanouie, un cheveu emmêlé témoin, d'une nuit agitée. Avez-vous déjà pris le temps de contempler la frange d'une femme, la ligne qu'elle dessine entre front et sourcils. Ce rideau qui ouvre un large spectacle sur un regard qui cherche à se dissimuler. Dernièrement, il avait pris l'habitude de regarder la cambrure de leurs fesses. D'un point de vue purement social, en 2020, c'est très contre-indiqué. Ça l'était moins il y a vingt ans.

C'était l'esthète perfectionniste qui était à l'œuvre. Il préparait sa mue, alors il regardait les rondes, les rebondies et aussi, les tombantes. De quoi aura-t-il l'air, lui, lorsqu'il portera un slim ou une jupe serrée, taille haute ? Est-ce qu'un mâle demain, le tiendra dans sa ligne d'horizon pour quelques secondes, lorsqu'il, aura baissé la garde. En joue !

Il ne sait pas à quel âge nous nous fabriquons une personnalité pour s'échapper de notre propre réalité. L'imposteur en nous fait mine d'intelligence. Nous le croyons sous contrôle mais bien souvent il prend notre place sans notre totale compréhension.

Johnny lui avait donné les clés avec son total assentiment, son âme et son corps en prime. Il y avait bien une femme à côté, et c'était Jenny.

Ce soir-là, avant de partir, en saluant ses collègues, il leur avait simplement dit, « maintenant, je m'appelle Jenny. »

Il se lève, se prépare un café sucré. C'est étrange ce quotidien quand on y pense. Un mélange peu conscient de présent, de passé et de futur.

– Chapitre 3 –
Mercredi

Tracy chavire

7 heures, j'attends le taxi pour m'emmener à l'aéroport. Le trafic céleste semble avoir repris ses possibles. Une voiture ancestrale s'arrête à mon niveau. Heureusement que je vois la borne sur le toit, je n'aurais jamais parié sur le fait que ce taudis puisse encore être accrédité pour transporter des gens dignement. Bon, pas le temps de tergiverser, je veux avoir mes deux heures avant le vol !

– Bonjour madame, je suis Jésus, où puis-je vous diriger ?

– Bonjour, à l'aéroport de Mérignac s'il vous plaît.

Étrange cet homme. Comme sa voiture.

Pourtant ce n'est pas ça qui me questionne. C'est ce livre. Mon corps est lourd ce matin, je n'ai dormi que trois heures. Il a fallu que j'aille au bout, puis, impossible de trouver le sommeil. Forcément, un chevalier protège, défend, traverse des châteaux. Jamais je n'aurais jamais imaginé que son périple me bouscule autant. C'est d'une limpidité glaçante. Glaçante parce que cette petite histoire me parle tellement. Et en même temps, je suis perdue. Le lâcher-prise... ce terme prend un sens tout autre que lu jusque-là dans la presse.

J'ai trouvé la carte de visite du voisin de train dedans. Impossible de croire qu'il l'a fait exprès. Il était tellement ravagé en descendant hier, qu'il n'a pas pu préméditer un plan de harponnage si peu subtil. Je vais l'appeler, pour lui rendre. Mais qu'est-ce que je dis ? Je ne connais pas cet homme, et je dois dire qu'il m'a fait bien mauvaise impression à mon arrivée. Un vrai requin aux dents acérées. La bave aux lèvres devant les femmes qu'il doit considérer comme des dindes à farcir.

Cependant, les quelques secondes avant qu'il ne se sauve du train, quelque chose m'a touché chez lui. Il semblait transformé. Vulnérable. Même si l'odeur qui émanait de lui était épouvantable. Je déraille, je ne vais pas appeler un inconnu. Pour lui dire quoi ? « Bonjour j'ai votre livre, et puis comme il y avait votre carte dedans, j'y ai vu un signe, il faut que je vous parle de ce livre. Je suis perdue, j'ai peur, je ne comprends que trop bien ce que je n'ai jamais voulu voir... ». Impossible.

– Nous y voilà madame. Bon vol. ***Vous savez parfois, il faut avoir du sens pour jouir du chemin de la vie***, lui dit le chauffeur.

Mon thé a une autre saveur ce matin, même pour un thé d'aéroport. Je le sens plus présent. Plus fumé. C'est comme si je nageais dedans. Il en est même un peu envahissant. Pourtant, je l'ai laissé infuser les six minutes demandées.

La discussion téléphonique avec Gaëlle, mon amie de toujours, m'a beaucoup apaisée. Trente ans d'amitié favorisent l'efficacité et la profondeur des discussions intimes. Elle m'a formulé qu'elle était touchée de m'entendre avoir un discours plus ouvert, des analyses plus souples, comme si une couche de colère ou d'exigence, elle ne savait pas dire, m'avait quittée. Elle ne m'a jamais jugé sur mon non-désir d'enfant. Et c'est la seule à qui j'ai pu avouer, à demi-mot, que je n'ai jamais eu d'orgasmes. Ce n'est pas chose aisée à avouer ce truc-là quand même. J'aime faire l'amour. J'y mets du cœur. Impossible de me mettre nue avec quelqu'un pour qui je n'éprouve pas de sentiments, d'intérêt, voir même d'estime proche de l'admiration. Faire l'amour est pour moi la continuité d'une discussion passionnante. Il se passe dans ma tête tout un scénario, des images, des odeurs, des phrases, qui stimulent mon imagination, mon excitation. Et c'est là que c'est difficile. L'homme avec qui je me partage n'est pas du tout sur le même plan. J'ai pu avoir des hommes aux préliminaires interminables, des romanciers romantiques du creux d'oreilles, des « vite en besogne » genre cerveau primaire. Sans effeuillages ni artifices, le trou libéré immédiatement investi, culotte sur le côté, les râles de leur plaisir comme une musique jamais accueillie. Des libres penseurs, questionnant sans cesse ce que je voulais, s'ils étaient au bon endroit au bon moment. Et puis l'ennui. Je renonce, j'abandonne de pouvoir m'abandonner. C'est bien trop compliqué. J'ai des sensations agréables, plaisantes, mais jamais de tornades enivrantes. Pas de perte de notion du temps, du Moi, de sensation du Nous. Jamais d'ascension de l'Everest, de traversées de plateaux de plus en plus hautes, laissant l'oxygène se raréfier. Jamais.

Mais avec Gaëlle ce matin, j'ai senti que ma tête bloquait l'accès à mon corps. Pire encore, à mon cœur. Elle m'a longuement parlé et décrit ses sensations lorsqu'elle fait l'amour avec son mari. Son sentiment de sécurité totale. Elle sait qu'elle ne risque rien, quoi qu'il arrive. Il la respecte, la connaît. Il sait qu'il peut tout lui proposer, et qu'elle saura y répondre avec assurance. Et pourtant, ils ne font jamais l'amour de la même façon. C'est pour elle toujours une surprise. Une fête. Elle sait juste que son corps a faim du sien, qu'ils vont danser d'amour physique. Dialoguer des mêmes choses avec les champs sémantiques, sans savoir dans quelles plaines cela va les mener. Avec les années, cela devient même de mieux en mieux. Non sans croire qu'ils s'habituent et s'ennuient d'une routine établie, ils créent à chaque fois un inédit. Elle se sait respectée telle qu'elle est. Mieux, elle se sent aimée avec curiosité et intelligence. Et forcément, même si dans sa tête se forment tout un tas d'idée, elle s'abandonne dans son corps, attentive à chaque centimètre de peau exploré, elle le sent jusqu'au fond de son cœur, les yeux perdus parfois dans les siens, ils se vivent intensément, et se mêlent pour ne faire plus qu'un. Que leurs ébats durent quinze minutes ou trois heures.

Oui, cette discussion a été comme si c'était la première fois que je m'ouvrais, d'une authenticité jamais explorée avant. Et alors, elle a pu elle aussi se livrer, dans une intimité entre nous nouvelle, avec moins de protection, malgré le lien qui nous unissait jusque-là. Sans armure... la journée commence bien !

Bien, je vais appeler ce Laurent.

La baise de Nick se biaise

Le réveil sonne à 6 heures. Merde, Nick est toujours avec la blonde, à l'hôtel. C'est vrai qu'en sortant du restau, content de la tournure du premier round de sa carrière, il l'avait appelée, se souvenant de sa tenue du matin. Ses putains de bas couture... Elle l'avait rejoint en moins d'une heure au lieu-dit. Obéissant à l'ordre de ne porter que des sous-vêtements et les fameux bas sous son manteau.

Après ce qu'il lui avait mis sans relâche, tout engaillardi de son dîner, il s'était endormi là, avec elle. Il n'aime pas ça pourtant. Il rentre toujours chez lui d'habitude, même pour deux heures. Il n'y a que dans son lit, seul, qu'il se repose. Bon, une seule entorse à sa règle. Pas grave, le contexte s'y prêtait.

Elle se rapproche tout endormie de lui. Son corps est chaud. Elle sent bon, malgré la baise de la nuit, de son foutre qu'il a répandu sur son visage. Il l'embrasse. Elle gémit tout de suite.

Par respect pour son sexe sûrement endolori de la veille, il la retourne. Lui mord le cou. S'agrippe à ses fesses fermes. Sa respiration s'accélère déjà. Elle est chaude la minette.

Il met deux doigts dans sa bouche humide, qu'elle suce avidement. Sûrement n'a-t-elle pas compris qu'ils vont tout droit humidifier son orifice le plus étroit, au vu des petits cris qu'elle émet quand il lui enfonce dedans ?

Il les remue doucement, délicatement, tout en lui mordillant les épaules, lui embrassant le dos, dispersant son souffle qui s'emballe le long de la colonne. Il doit reconnaître que ses couinements l'excitent. Elle a une voix qui l'émeut presque.

C'est alors qu'il s'enfonce en elle. Il sait. Doucement mais bien au fond tout de suite. Elle est surprise mais crie de plaisir. La douce souffrance, il maîtrise bien le sujet.

Il démarre un va-et-vient lent et régulier. Puis lorsqu'il sent son sexe plus à l'aise à l'intérieur, son plaisir à elle permettant la lubrification de l'endroit honteux, il ondule du bassin. De plus en plus vite. De plus en plus fort. Tel un raz-de-marée, il s'abat en elle. Elle crie à présent. Mais elle aime.

– Encore ? lui demande-t-il d'une voix assurée.

– Oui, arrive-t-elle à articuler.

Alors il se retire, la retourne. Attrapant ses deux jambes des deux mains, il les positionne sur ses épaules larges et musclées. Il les place bien haut, pour lui relever le cul. Et s'engouffre de nouveau au fond. Comme un pieu. Il bouge de plus en plus vite. Le bruit de son cul sur son torse l'excite. Elle ne cesse de gémir.

Cette position a l'avantage d'offrir un angle de pénétration bien plus profond. Jusqu'à ce qu'il sente la divine contraction autour de son sexe s'intensifier. Elle jouit, en hurlant, des larmes au coin des yeux. Lui ne baisse pas la cadence, sûr de ses effets. Puis au moment où il sent qu'il va jouir... il se retire, s'approche de son visage. Dans un acte ultime de possession, il lui met son sexe dans sa bouche. Il n'y a rien de plus déterminant dans l'abandon, que cet acte précis. Il sert ses joues sur son sexe en mouvement.

– Suce chérie, lui dit-il de sa voix ferme et assurée.

Elle s'exécute. Perdue dans une explosion de jouissance reçue. Cette fois, il lui fait boire sa jouissance, sans bruit, les lèvres pincées. Puis il se lève. File sous la douche et pars, sans un signe.

La possession.

Il sait qu'elle va le supplier de la revoir. Il n'en fera rien.

La journée commence bien. Il est confiant. Il est 9 heures, réunion dans dix minutes. Il est large. Merde ! Son scooter a une roue crevée. Des jurons plein la tête, il lève la main pour choper un taxi. Heureusement, un taxi pourri sorti de nulle part s'arrête tout de suite.

– 15 rue Victor Hugo. Faites vite, je suis pressé.

– Bonjour monsieur. Je m'appelle Jésus. Comptez sur moi pour utiliser toutes les petites rues pour éviter le trafic dense de ce matin.

Nick grogne un merci. Il est déjà dans sa réunion. Décisive, au vu du début de semaine. Il sent son dos chauffer. Un début d'érection malgré la vidange du matin. Il se sent comme un chevalier en route pour son sacrement. Il sait qu'il finira empereur. Ce n'est qu'une marche de plus. Un sourire narquois dessine ses lèvres fines. Toute son ascension est savamment orchestrée, depuis des années. Et il monte, assurément, vers le trône. Il donne le sacrement de sa personne pour ça ! Ses cuisses lui font mal. La chevauchée de la blonde l'a bien échauffé.

Il est interrompu dans ses plans par la voix du chauffeur :

– On arrive dans une minute, monsieur.

– Parfait, pile à l'heure, répond Nick.

– À votre service monsieur. **Vous savez, parfois pour prendre soin de soi, il faut se respecter. Et alors on respecte le monde entier.**

Nick a à peine le temps de regarder l'intérieur du taxi. Étrange. D'une autre époque. Comment ça peut encore rouler un truc pareil ? Ça sent la myrrhe. Des icônes sur le tableau de bord. Des vignettes collées sur le pare-brise... Il ouvre la portière et file, laissant un gros billet sans demander le prix à payer. Trop bizarre ce mec. C'est Benjy que ça va faire marrer...

Bérénice se délivre

La psychologue remet sa chaise près du mur. Elle capitule sûrement. Aucun son n'est sorti de sa bouche encore. En même temps, Bérénice n'en a pas envie. C'est tellement le brouillard dans sa tête. Seulement des bribes de pensées, des souvenirs. Le sommeil souvent. Elle se sent lourde, un poids gênant, inutile, futile, incapable. Sa gorge se serre. Heureusement que ses yeux s'envolent par la fenêtre. Elle imagine le ciel bleu au-dessus de la croûte grise et nuageuse. On doit bien voir ça quand on prend l'avion. Elle ne sait pas, elle ne l'a jamais pris. Elle aimerait être comme Jonathan le goéland.

C'est un bruit de tintement qui la fait atterrir. Elle tourne la tête vers la porte et reçoit une bise sur sa joue. C'est Angela et ses flacons d'huile dans ses poches.

– Bonjour ma belle, comment vous sentez-vous ce matin ?

Le baiser reçu lui a comme détendu la joue. Elle peut répondre par un rictus de ce côté-là.

– De l'huile de lavande aujourd'hui pour ramener du soleil !

Elle frotte l'huile dans ses mains, une incroyable odeur l'enveloppe. Les mains chaudes redonnent vie à ses jambes et l'emportent vers *La gloire de mon père, Le château de ma mère*... Les cigales démarrent leur concert. Son corps se réchauffe, reprend forme. Comme elle est maigre. Elle sent ses os sous les doigts habiles et fermes.

En arrivant à ses mains, la boule dans la gorge refait surface, son cœur s'accélère. Le sang bat dans ses tempes. Délicatement, doigt après doigt, Angela mélange sa peau à la sienne. Une danse intime de deux corps pudiques qui se rencontrent, se racontent, sans mots. Angela respire profondément, les yeux mi-clos. Elle sent sa propre respiration emprunter les chemins provençaux. Ses mains dégagent une chaleur incroyable. Elle ressent des picotements, presque douloureux. Ses mains fourmillent. Elle repense aux livres de Bernard Werber. La place de chaque fourmi, chacune d'elle est semblable à l'autre et pourtant chacune d'elle sa mission. Le chant des cigales, remarquable seulement en les cherchant bien parce qu'invisibles à première vue. Elle est fourmi, elle est cigale, elle est l'air chaud d'une nuit d'été.

– Passez une douce journée, ma belle. Je vous ai laissé un petit livre sur la table de chevet. Si vous avez envie, pour passer le temps. À demain.

Son corps revigoré du massage, elle arrive sans trop d'effort à attraper le livre. *Jade et les sacrés mystères de la vie.*

Elle ressent de la faim, enfin. Ça tombe bien, le plateau arrive. Malgré la qualité gustative très basse, elle apprécie chaque bouchée. Elle prend le temps de mâcher lentement, d'être présente à chaque action : mastiquer, avaler.

L'infirmière, en reprenant le plateau vide, l'informe qu'elle va pouvoir retirer la perfusion puisqu'elle recommence à se nourrir. Elle pourra même aller faire un tour dans le jardin si elle le souhaite. Elle lui a fait nettoyer ses vêtements, puisqu'elle n'en avait pas d'autres à disposition dans l'armoire. Il faudrait demander à son mari qu'il apporte des changes supplémentaires. Son mari, Bérénice ne l'a pas revu depuis son arrivée ici. Et comme elle ne décroche pas le téléphone, elle n'a pas de nouvelles. Il doit être bien occupé avec son travail et les enfants. Les enfants…

Elle commence la lecture du petit livre d'Angela. Elle repense à un aphorisme de Nietzsche subitement : « Quand nous sommes fatigués, nous sommes assaillis par des pensées que nous avons dominées il y a longtemps ». Elle a toujours aimé lire, même si elle ne se l'autorise pas assez à son goût. Mais là, dans son lit d'hôpital, elle réalise qu'elle n'a fait qu'être traversée par la vie. Elle n'a jamais laissé les textes et les histoires la pénétrer, l'habiter. Une vague d'énergie la submerge. Elle voudrait hurler. Et pleurer aussi. Sur elle-même, pauvre petite chose insignifiante, à la vie insipide et sans couleurs. N'avoir donné de sens à sa vie qu'en tâches domestiques et soins maternels.

Elle décide d'aller se chercher une boisson gazeuse, comme pour accentuer la vie qui renaît en elle. Se lever est étrange, et en même temps, elle sent plus intensément l'énergie monter le long de ses jambes, comme si elle était portée. Dans le couloir, en pantoufles, elle croise un brancard portant une vieille dame. Elle ne s'explique pas comment ce corps gris et fatigué peut en même temps rayonner de la sorte. La vieille dame lui sourit. Elle, ne peut le faire qu'avec les yeux. Ses lèvres sont si pincées. Le brancardier s'arrête au bureau des infirmières, laissant la dame seule au milieu de la ruche en blouse. C'est alors que la vieille lui fait signe de s'approcher et lui murmure :

– Je prends mes responsabilités. Je fais mes valises pour mon dernier voyage. Je sais ce que je veux, ce que je dois faire, j'ai compris.

En voyant partir le lit, elle ne peut s'empêcher de rester là, bouche bée, attendant de perdre des yeux le brancardier. La boule dans la gorge encore. Elle a besoin de s'asseoir, la tête lui tourne. Une infirmière la voyant chanceler, la ramène dans sa chambre. Qu'est-ce qui lui a pris de croire qu'elle pouvait faire ce qu'elle veut. De toute façon, elle n'a même pas d'argent, ni dans son sac ni en banque, à son nom. Elle n'existe pas, elle n'est que l'épouse et la mère. Mais cette vieille dame l'a vue, de ses yeux pétillants, alors que tout dans son corps est mourant. Elle vit l'inverse. C'est son âme qui est morte, dans un corps qui se vit tout seul. Elle commence à comprendre elle aussi. Les sacrés mystères de la vie... elle sent que comme Jade (sic le livre d'Angela), sa petite fille intérieure se pose des questions sacrément sages, et elle va s'atteler à y répondre. La fatigue l'écrase, elle repart s'allonger.

La porte s'ouvre, et la tire de ses réflexions. C'est une femme qui passe la tête, de grands yeux verts et un large sourire.

– Je ne vous dérange pas ? Je m'appelle Josefa, je suis hypnothérapeute et je travaille avec Angela.

Bérénice répond en souriant.

– Comment vous sentez-vous ?

Impossible de prononcer un son. Josefa le comprend et continue :

– Voilà, j'ai parlé avec Angela, mais ne vous sentez obligée de rien. Quelques fois, pour recontacter sa petite voix, cet enfant à qui nous avons lâché la main, pour une bonne raison lorsque nous l'avons fait, une séance d'hypnose permet, je dirais... de remettre en place, ou plutôt de retrouver le fil des événements qui font qu'aujourd'hui, le malaise existe. Seriez-vous partante pour essayer ? À tout moment nous pouvons arrêter, vous n'aurez qu'à vous manifester en levant la main.

Bérénice reste impassible. Josefa poursuit :

– Vous savez, beaucoup de choses sont dites sur l'hypnose et comme dans tous métiers, il y a de bons et de mauvais praticiens. Ce qui est important, c'est l'intention. La mienne est simple, rendre à mes clients leur autonomie et leur pleine puissance. Nous ne sommes victime de personne, que de nous.

Cette dernière phrase la saisit. Serait-elle son propre bourreau ? Au point où elle en est, qu'a-t-elle à perdre ? Tout au plus, le malaise qui l'habite. Un peu de courage, ce qu'elle vit depuis quelques jours, ses rencontres, ses lectures la poussent à aller vers plus d'inconnu, voire à l'inconnue qui se cache en elle, qui sait ?

Josefa l'encourage.

– Alors ?

Bérénice hoche la tête avec un petit sourire poli, une pointe d'inquiétude quand même.

– Je vous laisse vous installer confortablement, dans la position la plus agréable pour vous. Nous allons tout d'abord identifier un lieu où vous vous sentez en sécurité et dans lequel vous pourrez revenir à tout moment pendant la séance...

Elle écoute la voix monocorde qui bâtit autour d'elle un décor serein dans lequel, au fil des mots, elle s'est glissée, en parfaite harmonie. La détente n'est pas vraiment là mais le plus important est de ne rien faire d'autre que de se laisser faire. Elle avait un doute sur cette proposition de voyage intérieur, parce qu'il y a toujours une petite partie d'elle qui est en alerte, comme le plongeur qui visite l'océan avec son tuba qui émerge à la surface. Mais c'est un leurre, car la part de nous visible en surface est infime, notre inconscient est la part de nous la plus dense et immergée, alors plus nous accédons à nos tréfonds plus nous sommes capables de transformations. C'est ce qu'elle a vécu, enfin elle croit. Elle a touché sa lumière qu'elle croyait éteinte parce qu'elle a écouté cette petite voix toute fluette qui lui a soufflé, « Ose. Vas-y ». Alors elle la remercie déjà, pour tous les changements qui s'opèrent déjà.

Elle n'a pas vraiment senti quand ses yeux se sont fermés. La voix de Josefa lui répétant souvent « *cela n'a pas d'importance* ». Pour une fois, elle n'a pas besoin de bien faire. Juste de se laisser guider par la voix de Josefa, chaude, grave, enveloppante. Descendre l'escalier en colimaçon du paysage.

Descendre encore, sans s'attarder outre mesure sur les différentes images qui peuplent les étages de son enfance. Un retour en arrière, jusqu'au petit bébé enveloppé dans son drap, seul dans son petit lit. La solitude ressentie comme un froid glacial, malgré le lange. Se laisser anesthésier pour ne plus sentir. La voix de Josefa l'invite à prendre ce petit bébé dans ses bras, le bercer et de lui donner d'autres gestes d'affection, tendres et rassurants. Et quand c'est le bon moment, de lui dire son amour, à cette toute petite fille, seule et apeurée dans un univers qu'elle ne comprend pas encore. De lui dire que maintenant qu'elle est adulte, elle peut prendre soin d'elle. Puis le bébé passe à une petite fille. Elle doit avoir 7 ans. Elle l'invite à venir jouer avec elle. Bérénice est émue de la voir sourire à pleines dents. Elle ne se souvient pas avoir jamais eu de moment de joie et de rire comme elle le voit là. Et pourtant, cela a dû exister. Puis elle devient adolescente, les cheveux courts, la mine fermée et sage, plaquée d'un sourire de convenance. Elle la serre dans ses bras, et sans y réfléchir, dit à cette jeune fille déjà formatée, qu'elle a le droit d'être qui elle est, de rêver et de réaliser ses ambitions. Mais déjà il faut reprendre l'escalier, remonter jusqu'à l'ici et le maintenant, dans cette chambre, dans son corps tout entier, des orteils jusqu'au crâne. S'étirer, bâiller.

Bérénice a la sensation de comprendre beaucoup de choses sur elle. Quelle créativité dans sa stratégie de survie, sans faire de vagues ! Elle se souvient s'être retrouvée sur un sentier qui portait son prénom, Bérénice. En se promenant, elle a vu un papier plié en deux. Elle l'a ramassé, il y avait une question : *Quelle est ta valeur ? Toi seule peux la définir.*

Elle y pense, en hébreu, Josefa signifie « Dieu ajoute ». Elle a retrouvé le chemin vers sa petite fille intérieur, et c'est divin. Elle recontacte son énergie, son désir de vivre. Tout son corps vibre. C'est orgasmique.

Jeanne se cabre

En arrivant au restaurant, le chef entame son rituel habituel de critiques acerbes et dégradantes.

Pour une fois, Jeanne lui coupe la parole :

– Je vous préviens chef, si vous ne baissez pas d'un ton, tout en utilisant un vocabulaire respectueux, malgré ma différence flagrante de force, j'attrape le plus lourd des fait-tout et je vous explose votre vilaine gueule qui dit des horreurs. Suis-je bien claire ? Je m'appelle Jeanne, sans jeu de mots, et si vous avez des remarques constructives sur le service d'hier, je suis disposée à m'asseoir avec vous cinq minutes et à en discuter. Sinon, vous la fermez et vous me laissez bosser tranquille. Compris ?

Le chef, sonné, fait un signe de tête tout en grommelant dans sa barbe en retournant à ses fourneaux. La porte s'ouvre sur M. Pierre. En lui amenant son thé, elle s'assied.

– Ah ! ma jolie. Quelle joie me faites-vous là ! Si j'avais dix ans de moins..., lui dit-il.

– Oui, dites-moi. Que feriez-vous si vous aviez dix ans de moins ? décoche-t-elle, un peu agressive, en lui coupant la parole.

– Je vous parlerais de la poésie du 19e siècle, que j'affectionne tant. Et je m'élancerais :
Je voudrais bien prier, je suis plein de soupirs.
Ma cruelle raison veut que je les contienne.
Ni les vœux suppliants d'une mère chrétienne,
Ni l'exemple des saints ni le sang des martyrs,
Ni mon besoin d'aimer...

Il se tait. Une larme coule pudiquement sur sa joue.

– Continuez ! lui lance-t-elle. C'est magnifique.

– Et bien justement. Si j'avais dix ans de moins, je me souviendrais de la fin, enchérissant sur un autre, qui viendrait comme épouser le premier tout en ouvrant une autre fenêtre. *Et des amours desquelles nous parlons, quand serons morts, n'en sera plus nouvelle.* Ronsard, un nom qui sonne comme une épine. Je respire, mais je suis comme mort. Les couleurs de la poésie m'oublient, effleurent mon cœur puis me poignardent de l'incomplétude. Je suis seul à présent, ma femme me manque tant, elle finissait si bien les cruels poèmes inachevés. Main dans la main, le temps n'avait de prise sur nos cœurs. On riait volontiers de la décrépitude de l'âge. Palliant l'un pour l'autre à nos manquements. Personne ne me frotte plus le dos, ni m'attache mes lacets. Je voulais partir le premier. Elle était bien plus forte que moi. Moi sans elle, je ne suis déjà plus. Et chaque jour ajoute à ma peine. Mais veuillez me pardonner, je parle comme un vieil aigri, un fantôme à la fenêtre de la jeunesse. Je suis ennuyeux, ne faites pas attention à ce que je dis. Vous êtes à l'âge de rencontrer la moitié qui vous contera fleurette tout en vous offrant la lune et les galaxies. La femme n'a jamais été issue de la côte de l'homme, mais de son côté. Un banal accent change tout un monde, n'est-ce pas ?

Maintenant, c'est elle qui laisse une larme rouler. Elle s'en veut et est touchée. Elle s'en veut de n'avoir vu qu'un vieux salace, alors qu'il n'est que délicatesse et chagrin. Quelle forme d'amour magnifique ! C'est tellement réconfortant d'entendre une autre personne vibrer au même endroit dans l'amour. Bon, il est très vieux, certes, mais les hommes de mots et de douceur doivent encore exister. Tout dépend de comment elle se partage, à qui elle donne son attention, comment elle se montre. Aujourd'hui, même par provocation, elle prend le temps de connaître un homme, un autre être, avec son histoire, ses peines. Et les narines chatouillées du délicat fumet du thé, ils se rencontrent. Ils ne sont plus en compétition, mais au contraire en recherche de complémentarité. Égaux et différents.

À la fin du service, elle se dirige vers le centre commercial. Il est temps qu'elle harmonise son look avec qui elle est vraiment. Elle ne veut plus être cette poupée excitante, qui finalement aguiche les idiots qui ne savent et peuvent que tirer un coup. Elle est même prête à changer son éternel *Samsara*, pour un parfum plus approprié à son âge, plus fleuri. Elle aura bien le temps d'en profiter quand elle sera plus mûre. Elle change les couleurs de son maquillage, en optant pour des dégradés plus nuancés sur ses paupières, un gloss plutôt qu'un rouge à lèvres foncé mate. Une paire de bottines à larges talons hauts, remplaçant les aiguilles habituelles qui lui broyaient les orteils bien avant la fin de la soirée.

Son téléphone « gongue » c'est *Bite Buddha Bar* qui lui envoie sa photo phallique du jour. Écœurée, elle veut tout d'abord le bloquer. Puis elle décide de lui répondre, non plus par une photo de culotte, mais par des mots :

Je te remercie de ton attention quotidienne. Mais aujourd'hui, je comprends que ce n'est plus du tout ce que je souhaite. Je mérite de l'attention pour qui je suis, pas pour ma culotte. Pour prendre autant soin de ton intimité, je supprime toutes les photos que tu m'as envoyées, ne crains rien. Je te souhaite d'être bien dans ton slip, pour être bien dans tes pompes. Moi j'ai changé de pompes, et je revis. Bien à toi - Jeanne

En passant devant la librairie du centre commercial, un livre attire son attention : *Femmes qui courent avec les loups* (de Clarissa Pinkola Estés). La couverture montre une femme qui semble libre, elle-même. Sans réfléchir, elle l'achète et rentre rapidement chez elle, animée d'une furieuse envie de rangement et de bain moussant à la bougie. Heureuse de ces quelques heures qui lui paraissent être tout un pan de sa vie qui s'effondre. Et elle se sent plus droite que jamais, plus alignée.

Elle fait le tri dans son armoire, prépare un sac pour donner les vêtements qui la dévaluent plus qu'autre chose. Elle n'a plus envie de montrer son corps à tout-va. Elle va jouer à présent sur la subtilité, l'élégance, le suggéré, le confortable aussi. En entrant dans son bain chaud fumant, elle commence la lecture de ce livre étrange, composé de petites histoires de femmes, sans liens les unes avec les autres, au coin du temps et de la Terre.

Laurent s'effrite

Laurent peine à se lever. Le crâne lourd. Au bout de quelques minutes, sa femme se retourne vers lui :

– Ça va Laurent, pourquoi tu ne te lèves pas ?

C'est bête, mais il en est ému. Après vingt-cinq ans de vie commune, deux enfants, elle le connaît par cœur, dans les moindres de ses habitudes. Et elle s'inquiète pour lui. Pour lui. Des larmes lui montent aux yeux. Bordel qu'est-ce qui lui arrive ? Des images passent. Des souvenirs d'antan, lui qui a pourtant oublié toute sa jeunesse. Il se lève, il n'a jamais fait de rêves, ça ne va pas commencer aujourd'hui.

En arrivant au bureau, déstabilisé de voir du monde en poste, il porte sa main à la gorge. Merde, il a oublié de mettre sa cravate. Il est 9 heures, et pour la première fois depuis qu'il bosse, il arrive après les autres et ne porte pas de cravate. Il passe déposer son manteau et prendre les documents pour la réunion prévue avec les Chinois. En entrant dans la salle, ils sont déjà tous là. Le petit collaborateur en chef d'orchestre. Tous se lèvent pour le saluer, en s'inclinant. Il n'avait jamais remarqué à quel point, malgré l'âge avancé de certains, leurs corps étaient souples et élancés. Il n'avait jusque-là que rigolé de leur petite taille. En même temps, c'est lui qui est très grand.

Là, dans la lumière vive des néons de la salle de réunion, il découvre des visages calmes, peu ridés, un doux sourire dessiné même sans sourire. Un truc qui semble venir de l'intérieur. Du coup, lui aussi il s'incline, pour une fois. Une sensation étrange l'envahit. C'est comme si son cœur se retournait. Mais cette fois ce n'est plus la nausée. Il s'assied. Il se surprend à sentir le contact de son dos, de ses cuisses, posées sur la chaise. Il sent même ses orteils dans ses chaussures. Il est présent comme jamais et en même temps, semble être spectateur de la scène sans en être actif. Il laisse ses collaborateurs mener la danse. Une incroyable détente de son visage le pousserait même à sourire du dedans. Sans raison.

Les sujets épineux arrivent. Il a travaillé de longs mois en cavalier seul sur ces points-là. Il sait la pression qu'il assène à ses clients. Il en avait même vécu des secondes d'exaltation intense à la pensée de les acculer de la sorte. L'équipe se crispe un peu, le souffle court. Un Chinois avance un argument de plainte. Le front plissé. Laurent prend pour la première fois la parole :

– Vous avez raison, M. Tchang. Mathilde, je me souviens que vous aviez abordé ce point précis il y a quelque temps. Je vous avais rabroué. Mais peut-être pourriez-vous exposer maintenant vos propositions, je vous prie ?

Mathilde reste sans voix. Quinze ans qu'elle travaille pour ce tortionnaire. C'est la première fois qu'il l'appelle par son prénom et surtout, lui donne raison. Elle se souvient bien de ce jour où elle avait émis des craintes sur ces propositions. Il avait été d'une ironie méprisable à son égard. Elle en avait pleuré longuement le soir, en rentrant. Chaque point d'étranglement est abordé. À chaque fois, Laurent demande à ses collaborateurs d'exprimer leurs solutions, déjà proposées en amont, mais qu'il avait toutes balayées avec véhémence. Les clients entrent dans les négociations, plus en confiance.

En rentrant chez lui, Laurent a besoin de s'asseoir dans son haut fauteuil, dans le salon. Il allume la cheminée virtuelle, ôte ses chaussures, sa veste de costume, ses chaussettes et renverse sa tête en arrière.

– Ça ne va pas Laurent ? lui demande sa femme, surprise de le voir à la maison à 18 heures. Tu ne te sens pas bien, tu veux un verre d'eau, ou que j'appelle un médecin ?

Elle voit bien qu'il n'est pas dans son état normal. Son visage est détendu, presque juvénile. C'est louche. Il prépare quelque chose.

– Merci chérie, je prendrais bien un thé si tu veux bien me le préparer, je me sens usé.

Il est un peu surpris de sa voix, de sa réponse, de son incroyable détente musculaire. Il n'avait jamais utilisé de mot tendre à l'égard de sa femme, de quiconque finalement. La sonnerie de son téléphone interrompt le début des souvenirs oubliés, refoulés.

– Bonjour.

Une voix rauque mais féminine au bout du fil.

– Veuillez excuser mon appel, un peu saugrenu, j'en conviens. Nous étions assis en face l'un de l'autre hier dans le train pour Bordeaux. En arrivant à quai, vous êtes sorti précipitamment, en oubliant votre livre. D'ailleurs, vous ne sembliez pas bien du tout, est-ce que ça va ?

Un long silence s'installe. Gênée, elle continue pourtant :

– Je suis désolée, je ne suis pas très à l'aise, mais à l'intérieur du livre, il y avait votre carte de visite. J'ai passé la soirée à le lire. Et je me suis dit que vous souhaiteriez sûrement le récupérer.

Il a la bouche sèche. Le cœur qui bat à mille à l'heure. Impossible de répondre quoi que ce soit. La seule chose qu'il arrive à sortir est :

– Comment vous appelez-vous ?

– Je m'appelle Tracy.

Marguerite s'épanouit

La vieille dame d'à côté a crié toute la nuit. Un vrai diable. Les allées et venues n'ont pas cessé. Je suis fatiguée. J'ai mal partout mais surtout au ventre. On a changé un pansement ce matin. Que m'ont-ils fait ? Où suis-je ? Où est Paul ? La Marie, les petites des animations ?

La porte s'ouvre. Mes enfants entrent. Ils ont un air grave.

– Bonjour mes chéris. Qu'est-ce que vous faites là ?

– Tu es à l'hôpital maman, répond Isabelle. Le médecin va passer nous voir ce matin pour nous expliquer ce qu'il s'est passé hier. Les infirmières nous ont prévenus que tu avais appelé papa toute la nuit. Tu te souviens ? Comment tu te sens ?

Gaston ? Mais non, c'est Paul que je veux ! C'est lui que je réclame ! Mais ça, ce n'est pas possible à avouer. Les petits chéris, ils ne comprennent rien à l'amour. Ils ne savent pas que ce que leur dicte leur cœur peut s'appliquer au mien, sûrement jugé trop vieux pour éprouver encore de l'amour. Savent-ils seulement que le cœur peut aimer à l'infini et plusieurs personnes ? Pas en même temps non ! Quoique... mon Gaston est toujours dans mon cœur, c'est juste que mon cœur s'est agrandi, comme à la naissance de chacun de mes enfants. Il y a de la place pour tout le monde. Faudrait peut-être que je leur parle de Paulo. Je n'ai juste pas envie de me faire sermonner comme une enfant. Ils le font déjà bien assez comme ça sur tout un tas de broutilles de mon quotidien.

Cette douleur au ventre est affreuse. Quand est-ce que je suis allée à la selle la dernière fois ? Mais quel jour sommes-nous ? Je me remémore le doux visage affolé d'un ange en pyjama. Elle avait l'air perdu dans un couloir d'un blanc douteux... Je lui ai parlé, je me souviens de ça !

Ma fille a un air grave, tandis que mon fils gigote au pied du lit, faute de pouvoir s'échapper près la fenêtre, occupée par la voisine dure de la feuille. Un homme en blouse blanche entre. Il se dit docteur. Il s'assied au pied de mon lit, invitant les enfants à se poster autour de moi, à ma tête. J'ai la nausée. J'ai du mal à entendre ce que dit le médecin. Je sens ma main de plus en plus comprimée dans celle d'Isabelle.

Tumeur... impossible à retirer entièrement... en raison de son âge... confort... options... palliatifs... choix de vie...

La voix d'Édith Piaf qui m'entraîne dans sa farandole ne me laisse pas bien entendre plus que des brides. Mon fils Joseph pleure en silence, regardant le plafond. La dernière fois que je l'ai vu pleurer, il avait 8 ans. Il était tombé de son vélo, trop grand pour lui, et son short de toutes saisons n'avait pu apporter de protection à ses genoux, en sang. Il avait pleuré sans bruit, serrant les poings et la mâchoire. Ce que son père avait félicité. Un homme peut pleurer, mais avec courage. La voix d'Isabelle me ramène dans la chambre. Il n'a pas changé tant que ça, mon Joseph. Si ce n'est cette dureté au fond de ses yeux.

– Tu comprends maman ?

Non, que se passe-t-il ? Je ne comprends pas.

– Je veux rentrer chez moi, dis-je à la place.

C'est tout ce que je veux. Je veux retrouver Paul, les activités barbantes, les repas infâmes, les cris des vieilles à la tombée de la nuit, la ronde des aides-soignantes, l'odeur des vieux qui se camouflent sous leurs eaux de toilette. Je veux retrouver les crêpes et les piaillements des petits de l'école. J'ai une couche, je me soulage dedans, tant pis, je suis si fatiguée.

Joseph parle. Sa voix est posée, grave, mais le rythme me fait du bien. Je sens des larmes rouler sur mes joues. Ça vient du fond de mon cœur. Je ne sais pas pourquoi. Je pense au sac de billes de Joffo. Je crois que j'ai perdu le mien. Où est Jésus ? Peut-être l'ai-je laissé dans sa voiture, il va pouvoir me le ramener ! Je dois prendre mes responsabilités, faire de mon mieux. Laisser la Nana de Zola chevaucher seule les pavés de Paris, à chacun sa route finalement.

– Ça va aller, mes chéris. Je veux rentrer chez moi, à la maison de retraite, retrouver mes habitudes. Vous viendrez me voir dimanche, avec les petits. On prendra le thé et parlerons de nos souvenirs joyeux, nos difficultés dépassées, on jouera aux cartes et je vous laisserai gagner.

Johnny fait place à Jenny la nuit

Rêver. C'est là que Johnny se réfugiait depuis son adolescence. À l'intérieur de ses pensées. Un terrain vague pour laisser aller ses incertitudes, ses doutes et, imaginer sans limites pour forger ses convictions naissantes, celles d'être une femme perdue dans un corps d'homme. Lors de la distribution générale, son âme s'était-elle mélangée les chromosomes ? 2X et un Y égaré, qui par mégarde, était venu s'associer sans trop se dissimuler, pour inventer un nouveau genre ?

Était-ce là sa mission ? Bien que les va-t'en guerre du troisième sexe, les combats collectifs, les provocations pour exister, ce n'était pas vraiment sa tasse de thé... Comme s'il était nécessaire de tout classer, de tout ranger dans des cases pour rassurer. Lui tout ce qu'il savait, c'était qu'il se sentirait plus épanoui au genre féminin. Point.

Diane chantait *Moi si j'étais un homme*, eh bien lui sous ses couvertures, il dressait la liste de tout ce qu'il ferait s'il était une femme. Et pour être complet, sans limites. Ce n'était pas tout à fait vrai. Il se heurtait à une réalité impalpable, le sexe d'une femme, c'était comment ?

Il avait trouvé les bandes dessinées pornographiques de son père, assez tôt. Manara serait l'inspirateur de ses premiers émois, beaucoup mieux que le catalogue de vente de vêtements par correspondance. Puis en noir et blanc sur petit écran, découvrir Claudia Cristian, bourgeoise coincée et réservée, qui change du tout au tout lorsqu'un docteur la transforme en vamp du sexe. À l'aide d'une télécommande, il la contrôle grâce à une puce implantée dans son cerveau. Pourquoi pas ? De là où il en était, une incohérence n'était pas de trop. Il les subissait, chaque minute, dans son corps traversé par les injonctions contradictoires de ses émotions.

Le déclic, pour lui aussi.

Comme le précisait le film qu'il avait vu et revu en cachette, une femme pouvait donc découvrir le plaisir, tardivement. Une femme pouvait naître à son corps, à ses désirs à travers une transformation ? C'était donc possible de faire un reset et d'envisager les choses autrement, de rebattre les cartes distribuées et piocher un nouveau « Je » ? Et puis, une femme pouvait être convoitée par les hommes et les femmes. Parfait pour atténuer son trouble et ne pas choisir son camp.

Manara, auteur génial qui lui avait ouvert des champs du possible infini au moment où le sexe devenait une question cruciale pour lui. Découvrir le sexe d'une femme avec son corps d'homme et les toucher comme la femme en lui, qui désirait ces caresses. D'ailleurs, il ne chercha jamais l'étreinte des hommes.

Une autre évidence s'impose. Il aimerait toujours les femmes. Au lycée, toujours entouré de filles, alors qu'elles ne parlaient que de mâles, il ne pensait qu'à elles, tout en imitant leurs expressions et allures. Personne n'avait pu alors l'étiqueter : tapette, sensible, fiotte, zarbi ?

Bien plus tard, il achetait *L'art de la fessée*, de Manara. Une ode aux belles fesses, un mâle qui fait du bien, sans soumission ni punition, une juste adoration des belles choses qui se présentent au gré des rencontres, comme des cadeaux qui s'offrent. L'aplat d'une main, sur la zone érogène dissimulée dans la partie molle et arrondie sur laquelle on s'assied… c'était son offrande…

Son adolescence lui a façonné, sans beaucoup d'efforts, un corps athlétique, il était plutôt grand, mince. Une silhouette neutre, comme si elle s'attendait à être complétée. Un peu comme ces jouets pour enfant auxquels on ajoute des accessoires. Il plaisait aussi, parce que les cils de ses yeux bruns dessinaient une courbe dans laquelle les femmes aimaient se lover. Son regard sur elles était à la fois brillant, attentif mais aussi, morose. Il ne pouvait faire l'amour avec elles, refusant sans conteste une queue qui n'avait pas sa place dans le fourreau sacré. Il aurait bien fait l'amour, mais à cet âge, les filles ne sont pas encore conscientes que l'amour ne soit pas qu'une pénétration vaginale par une bite. Lui l'envisageait déjà. Mais il était seul, sans pouvoir le partager ni être aimé en retour.

Il appliquait avec une conscience non feinte, la seule parabole qu'il avait retenue de son catéchisme, « aime ton prochain comme toi-même ». Et son prochain c'était elles. Il aimait toutes les femmes avec dévotion, gardant dans sa mémoire toutes les zones de plaisir qu'il découvrait, la sensualité d'un geste, et aussi ce qui de son point de vue dénaturerait la femme qu'il serait un jour. Dénaturer. En voilà un mot qui lui allait bien.

N'était-il pas une altération de la nature même ? Quelle prétention ! Comment pourrait-il être une représentation digne de ce qu'il imaginait être une femme, alors qu'il falsifiait celui qu'il était vraiment ? Qu'est-ce que cela voulait dire être une femme ? Que vous avez les traits d'une femme ? Que vous avez travaillé votre voix ? Que vous êtes juste une, parmi les autres ? Cela signifie-t-il appartenir à quelque chose ? D'être à sa place ?

Les questions restaient dans la solitude de ses pensées. Il avait compris que le changement était une porte qui s'ouvrait de l'intérieur, mais il y avait encore une façade masculine qui ne rompait pas. Sa zone de confort n'était absolument pas dépassée.

C'était quoi l'étape d'après, le pas vers elle, vers lui donc ? La réponse lui vint lors de la soirée d'anniversaire de Jésus. Sa femme, Madmarie, c'est comme cela qu'il la surnommait, avait organisé un karaoké. Il se déroulait, « au bon endroit », rue Stalingrad. Les hasards nécessaires, très chers à Jung, se synchronisèrent et il comprit. À quels archétypes appartenait cette vision qui s'imposa après la question posée par Patrick Juvet ? Où sont les femmes ? s'époumonait Jésus, auréolé des lumières de la *disco ball*. Devant lui, mais il ne le savait pas encore, le pauvre chauffeur.

Le dimanche soir, il se maquillait avec soin. Il avait appris en observant les femmes de sa vie, la tête penchée dans l'embrasure de la porte, face au miroir, pour ne rien manquer de ce qui se tramait dans leurs gestes. Des efforts, pas souvent pour se plaire, le plus souvent pour faire plaisir et répondre aux exigences induites.

Il connaissait les marques à la mode. Il enfilait une robe Maje, courte, argentée. Cela faisait longtemps qu'il s'épilait les bras, les jambes, le torse. Pour ceux qui s'en étonnaient, il évoquait l'aérodynamisme nécessaire à sa pratique du cyclisme. Sa perruque était inlassablement la même, brune et bouclée, clin d'œil reconnaissant à *La femme d'à côté*.

Sur le boulevard Pierre-Semard, il a appelé un taxi, direction le *Kalinka*. Jenny était née, presque naturellement. Elle vivait du mercredi au dimanche. D'abord cliente assidue, elle devint une hôtesse accueillant les clients, volubile et charmeuse. Au début le rythme fut difficile à tenir. Johnny le jour vendeur, Jenny la nuit, ouvreuse. Et puis, la vie prit sa place dans le flow du temps, ou plutôt, Jenny prit sa place dans le flow de la vie, à temps.

– Chapitre 4 –
Jeudi

Laurent résiste encore un peu

Laurent a mal dormi, assailli de rêves aussi effrayants que dénués de sens. Mais il se souvient d'un moment où un énorme serpent lui montait le long du dos et l'avalait tout entier. Il se sent triste et en colère, sans trop comprendre pourquoi. Il reste allongé là quelques instants, les yeux au plafond, dans la farandole des bribes d'images qui lui reviennent des songes de la nuit d'hiver. Il sent sa femme se retourner vers lui :

– Ça va Laurent ? Tu ne te lèves pas ? Tu veux que je te prépare ton café et des tartines ? lui dit-elle dans la pénombre presque complète de la chambre.

– Bonjour chérie. Ça va merci. Reste couchée encore un peu, il est tôt.

Il mesure qu'il n'a jamais eu de mots tendres pour elle, depuis le début. Une constante froideur qui avait très rapidement anéanti les gestes tendres et attentions qu'elle lui manifestait. Mais ce matin pourtant, elle est encore allongée à ses côtés. Une dévotion louable.

– Je vais aller courir avant de partir au bureau, lui dit-il, en déposant un baiser sur son front.

Le froid saisissant du lever du jour, couplé à la remise en action de ses muscles, lui procurent de la détente. Curieusement aujourd'hui, il ne ressent pas le sentiment de décharge qu'il éprouve d'habitude. Comme s'il n'y avait plus de rage à expulser. Mais il pleure d'amour. Un sentiment qui n'avait jamais habité son cœur jusque-là. Et ce réveil soudain, presque brutal, est aussi douloureux que libérateur. En passant par le parc, il se prend les pieds dans les racines d'un arbre et tombe. Alors que la colère contre la présence de ce maudit arbre sur son chemin pointe, il se met à pleurer de plus belle. Un morceau de carapace se délestant. Plus de colère abyssale, jamais. Un sentiment d'émerveillement prend la place. Une reconnaissance de la force de la nature dans cet arbre, parqué, ne renonçant pas à se libérer de son carcan imposé par l'homme, et redoublant de créativité pour laisser sortir sa puissance de vie, ses racines hors de terre. En se relevant, une douleur lancinante lui fait remarquer son genou en sang. Il rigole. Il est comme un enfant qui apprend de la vie, se relève, et repart de plus belle. Il sait que ses pieds ne fouleront plus jamais le sol de la même façon. Il renaît.

La journée a filé comme l'éclair. Les Chinois repartent aujourd'hui. Ils semblent très satisfaits du déroulement des négociations. À l'aéroport, l'un des directeurs s'avance près de lui et le remercie de son accueil, il a beaucoup appris de leurs réunions. Il est agréablement surpris de sa bienfaisance. Il peut lui confier que ce n'était pas ce qu'il avait entendu à son égard. Il est satisfait de constater qu'en plus d'un professionnalisme excellent à la hauteur de sa réputation, il a pu découvrir un homme de valeur et bon.

À présent, il se dirige vers l'hôtel où il va rencontrer cette femme étrange,

Tracy. Étrange parce que son coup de fil saugrenu lui avait pourtant paru couler de source, une évidence, comme sonnant le glas d'une longue attente terminée. Il va pouvoir s'ouvrir, faire tomber les masques. Ça paraît complètement dingue, mais il est prêt à cet instant à tout dire, même ce qu'il n'a jamais réalisé. Le barrage émotionnel s'effondre, et c'est à cette femme qu'il va tout déverser.

Il a une heure d'avance, mais il en a besoin pour ordonner ses pensées. Il feuillette machinalement un magazine se trouvant sur la table, comme un outil précieux pour tout aussi bien passer en revue ses ressentis. C'est dingue quand même ce qu'il est en train de vivre ces derniers jours. Il en est amusé, à défaut d'être inquiet, comme il aurait pu le juger bon avant. Avant ? Avant quoi ? Avant qu'un petit livre lui fasse sentir le poids de son armure, que la traversée de chaque château vienne éclairer ses travers, le piquer au vif, le rendant incapable de se débiner. En voyant l'inconnue tant attendue s'avancer, le livre à la main, il sait qu'il va tout lui livrer.

Elle s'assied avec élégance. Lui sourit généreusement.

– Je suis ravie de te voir, lui dit-elle.

Chaque chapitre énoncé lui permet de prendre conscience des châteaux traversés dans le livre savamment orchestré. Elle est d'une écoute attentive et bienveillante. Il se sent comme sauter dans le vide, sans filet ni élastique à la cheville, mais elle est son fil dans ses dédales. Il déroule tout, du début jusqu'à la fin. Et elle reçoit sa confession comme un cadeau, son regard posé sur lui, lui offre une reconnaissance jamais obtenue, une validation de son existence, une profession de foi qui le transforme.

Il est comme le Scrooge de Dickens, elle est un ange du purgatoire. En terminant sur son éjaculation rapide, il atteint le point le plus ultime, le dépouillement le plus complet. Il n'a jamais aimé. Il ne s'est jamais aimé. Utilisant les autres et ses proches comme des barres d'énergie pour accéder à ses futiles hauteurs, compenser son vide intérieur. Une terre inexistante sous ses pieds.

Elle vient s'asseoir à côté de lui et le serre sur son cœur. Il y sent sa vie, à elle, mais aussi la sienne. La femme n'est-elle pas celle qui donne la vie ? En l'occurrence, elle lui redonne la sienne.

À son tour de se dévoiler. Tracy parle lentement, avec soin dans le choix de chaque mot. Elle est fille unique. Elle a très tôt réalisé qu'elle pensait plus vite et plus loin que ses parents réunis. Qu'il fallait qu'elle garde pour elle ses pensées, réflexions, organisations, pour ne pas déclencher les foudres ni les regards embarrassants et embarrassés. Elle s'est très rapidement habituée à ne compter que sur elle-même. Un sentiment abyssal de ne pas être née à la bonne époque, ou même dans le monde adéquat.

Le livre lui a fait sentir le poids de son armure aussi, de toute autre façon. Elle n'est le chevalier de personne, et personne ne peut la sauver, comme dans ces foutues histoires d'enfants qu'elle a toujours détestées. Elle a toujours eu une vague de violence qui la submergeait en lisant ces princesses, éperdues, qui attendaient le réveil, (l'éveil ?) à la vie par un beau prince. Comme ça, sans un mot, sans un plan d'avenir discuté, par une babiole buccale donnée. Quelle injustice de bourrer le crâne d'innocentes créatures en plein développement. Elle s'est enfermée dans le château de la colère, au nom de la justice et de l'équité, n'ouvrant plus jamais son casque... son cœur en fait. Personne à la hauteur de ses valeurs, de son éthique. Elle en était venue à renoncer au couple, à limiter ses amitiés, pour ne pas raviver ses blessures. Elle s'aime mal et ne sait pas aimer. Elle comble les vides par le travail, la perfection, la distance. Elle est en fait devenue tout ce qu'elle fuyait : une princesse pimbêche perchée en haut de sa tour inaccessible. Une beauté glacée qui se croit rebelle et différente. Elle comprend différemment son non-désir d'enfant. Ce n'était pas tant de ne vouloir pas mettre au monde un enfant dans un monde de cons, que d'offrir la médiocre femme qu'elle est en modèle.

Tracy pleure soudain beaucoup, à grands sanglots, sans pouvoir plus prononcer un mot. Laurent ne sait pas trop quoi faire. Mais simplement, il pose sa main sur la sienne. L'eau coule aussi de son nez. Enfin, cela n'a plus d'importance. Son visage ravagé par les flots n'a jamais été aussi rayonnant que maintenant. Elle mesure toute la bêtise de ses choix, tout en sentant qu'elle est une personne bonne. Traverser ces ombres met en lumière qu'elle n'a pas tout foiré. Non, c'est juste que cela prend une dimension différente, confirme certaines positions. Elle ne veut pas d'enfant, et non pas parce qu'elle est un monstre, mais parce qu'elle se sent être un individu défini par ses choix, établis dans une balance décisionnelle mouvante. Ses parents ne la comprennent toujours pas, sur ce point-là aussi. Elle comprend qu'elle peut arrêter d'agir envers eux comme un Don Quichotte. Elle se souvient à Noël dernier, quand pour la énième fois la question du petit-fils est revenue sur la table, entre la dinde et la purée. Son père avait demandé si elle n'était comme pas comme ces jeunes qui aiment le même sexe, des broutes minous. Sa mère, choquée des mots énoncés, avait voulu dire que de toute façon ils l'aimeraient toujours. Mais comment était-il possible qu'une fille aussi jolie soit encore catherinette à son âge ?

Elle ne se livrait jamais complètement, ni en amour ni en amitié, par peur de ressentir cet énorme écart de pensée, de logique avec son entourage. Elle ne se sentait complète que dans son boulot, qu'elle avait monté toute seule, de toute pièce, sans personne au-dessus pour la limiter. Et ça marchait. Alors elle a mis en place ce modèle pour ses relations privées aussi.

Elle sent aujourd'hui comme une épine longtemps plantée dans son cœur, s'extraire. Comme il est libérateur d'ouvrir son cœur. De cesser de jouer des rôles. D'enfin oser se dire, se voir surtout tel que l'on est. Les confidences de l'un viennent aussi lever le voile sur les profondeurs de l'autre.

Il pense à un article qu'il a lu il y a quelque temps, sur la sapiosexualité. Il n'avait lu qu'en diagonale, tant l'idée de faire l'amour et d'être attiré par quelqu'un avant tout par son intelligence, son discours, ses pensées, lui avait semblé à hurler de rire. Cela prend une autre forme, assis à côté d'elle, lui tenant la main, comme à une mourante. Une présence soutenante, qui se tait, qui est un réceptacle du chagrin et qui, comme l'alchimiste, transforme le liquide lacrymal en or. Il n'a plus mal à l'estomac comme il s'y était habitué.

Elle n'a plus de mal à respirer, profitant d'une capacité vaste et tranquille jamais ressentie. Ils éclatent de rire ensemble. Des rires bruyants et francs, qui font tourner les regards des quelques tables autour. De toute la pièce en fait. Ils s'en moquent. Ses yeux pénétrant les siens, elle lui dit qu'elle lui offre bien mieux qu'une partie de jambes en l'air, elle lui offre son amour, son respect, son écoute, son non-jugement et sa confiance. Oui, ils seront amis, une forme d'amour souvent relayée au basique, mais ils savent à quel point la leur est élevée, puissante. Le cadre de leur relation est clair, sécurisant. Ils se séparent rassasiés, joyeux, émus et confiants. Ils se reverront souvent, c'est scellé.

Il est 1 heure 10, Laurent trouve sa femme endormie dans leur lit. Il prend garde de ne pas faire de bruit, une attention qu'il est heureux de sentir émerger en lui. Il s'endort comme un adulte, bienheureux.

Johnny pas-à-pas

Est-ce que nous décidons en conscience de tous les sauts dans le vide de nos parcours de vie ? C'est ce que Johnny se demandait en raccrochant. Il avait son rendez-vous à la clinique, le jour de sa métamorphose était programmé. Il se souvient du tout premier. Il y a deux ans, c'est le temps pour ce qu'ils appellent consensuellement, la transition, il dirait lui, de mutation.

Après l'épisode du rouge à lèvres, personne n'a plus jamais évoqué le sujet au boulot. Il a entendu dans ce silence, un accord tacite. Il pouvait entamer les démarches et mettre des jupes. Et puis il voulait apprendre et comprendre ce qu'il se tramait en lui, ce que serait ce pont qu'il devrait franchir pour s'atteindre pleinement. Son avidité sur le sujet est devenue sans fin. Il voulait tout savoir, tout lire. Une boulimie de temps à rattraper.

Le docteur Répit a été le premier à qui il a parlé de son projet d'être une femme. Dévoré par l'anxiété, les questions se bousculaient depuis si longtemps, sans personne à qui les partager et trouver des réponses. Quels genres de réponses ? Sur la normalité ? Comme quoi la question du genre revient toujours sur le tapis. Le plus important rendez-vous de son existence se rapprochait et il ne pouvait exprimer l'angoisse qui y était quand même associée.

Ce qu'il est en capacité de comprendre aujourd'hui, c'est qu'il a tourné autour d'une solitude qui aurait pu le faire basculer dans un désordre psychique. Les pas pour être ce qu'il sent être ont été autant de souffrance physique, mentale et sociale due à son désir de vivre, en accord avec lui-même, sans modèle existant à suivre. Tout simplement.

Être accepté en tant que personne appartenant au bon sexe. Celui qu'il vivait intérieurement sans pouvoir le vivre extérieurement. Et la vue de son reflet n'avait rien du mythe de Narcisse. Oh non !

Au commencement, eurent lieu les séances chez un psychiatre. Cela devait en passer par là. Se raconter et se découvrir mais aussi se surprendre tout au long de ce passage initiatique douloureux. Certaines fois, l'enthousiasme le portait. Il s'arrêtait devant la plaque en laiton du docteur Sibelle, en levant le poing pour saluer cette lutte salvatrice. C'était une femme, il l'avait choisi pour son nom évocateur, dans la petite liste fournie à la clinique pour accompagner les gens comme lui. Lui aussi était si beau, et tout le monde devait le savoir.

D'autres fois, il aurait préféré se jeter dans la Garonne. Dans ces moments-là, parfois, il appelait Jésus. Il inventait une panne de voiture, une révision et il venait le chercher dans son taxi blanc. Ses babillements le réconfortaient. Assis à l'arrière, comme un enfant qui se laissait guider par son père. Ce qui est plus étonnant, c'est qu'il avait toujours un sujet de conversation qui faisait écho à ce que Johnny vivait. Elle est étrange leur relation. Peut-on appeler cela de l'amitié lorsque l'un des deux n'est pas authentique ?

D'autres fois, il se trouvait couché sur le sofa de Sibelle, qui était témoin de tant d'histoires. La trame du tissu marron recelait la mémoire des mots et des silences. Les chemins vicinaux que nous empruntons pour comprendre ce que nous faisons ici-bas. Elle était là pour faire la part des choses. Non pas sur son choix en tant que tel, mais sur le regard à porter sur ce choix. Sa voix, ou plutôt ses silences accompagnaient son acte, de presque contrition. Était-il là pour un trouble répertorié au DSM5 (manuel de classification des troubles psychologiques) ou comme un sujet de la diversité dans ce monde ? Sa volonté de rejoindre l'autre sexe, était-ce un trouble de son identité de genre ou bien, une expérience personnelle et une volonté de s'affirmer, de s'inclure et donc, de se faire accepter dans une société pour la faire progresser ? Un combat en dehors de lui, finalement. Ou bien, était-il motivé à réparer une « erreur de la nature » qui serait associée à une non-concordance entre son cerveau et son corps anatomique ? De fait, son travail psychologique consisterait à recoller à une normalité psychologique ? Ou bien alors en tant qu'exemplaire unique et inclassable, dans une multitude infinie de possibilités, voulait-il par choix, réajuster ce qui existait, sans ordre ni normes établis ?

Il choisit la troisième voie

Transgenre, de l'autre côté de l'espèce, une sorte de continuum de l'évolution, fait d'agencements en quelque sorte. Voilà ce qu'il était puisqu'il fallait choisir un camp, une terminologie, une case.

Tous les trans ne veulent pas changer de sexe ni ne demandent de chirurgies reconstructives. La plupart veulent vivre en paix dans la société, telle qu'elle évolue avec de nouveaux comportements et des variétés du genre.

Lui a besoin d'accorder aussi loin que possible son âme et son corps. Et dans la dernière ligne droite, il a besoin de Jésus.

Il connaît les risques de l'opération, c'est ce qui le rend un peu anxieux mais il ne changera rien à sa décision. Il appelle le chauffeur pour son dernier voyage avec une queue. Il prend son bagage et le dépose avec soin à l'arrière, comme à son habitude. Contrairement à d'habitude, le chauffeur reste silencieux. Même à Jésus, ça la lui coupe. En le déposant devant l'entrée de la clinique, avant de descendre de son véhicule, il le retient par le bras :

– En fait, j'ai pensé, tu **n'es ni un homme ni femme mais quelque chose au-delà, un tout construit par toi, par amour de toi. Quoi de plus accompli ?** lui confie Jésus.

Il pense encore à cette phrase incroyable, assis sur le banc dans le patio de la clinique. Au bout de quelques secondes, il prend conscience qu'une femme le regarde, avec ses grands yeux interrogateurs, cernés de bleu. Elle est si pâle qu'il en est bouleversé. Il va à sa rencontre et lui prend la main, sans un mot. Les larmes pointent à l'angle intérieur de sa paupière. D'abord petites, elles deviennent des perles bien rondes comme les gouttes de pluie les soirs d'orage. Quelques spasmes contractent à présent ce corps si frêle, sans bruit. Elle est arrivée à un point de non-retour, tout comme lui. Il savait où, pour lui, mais elle, le sait-elle ?

La naissance de Bérénice

C'est le tintement des flacons qui lui permet de reprendre conscience du moment présent. Elle n'a aucun souvenir du passage des infirmières ni de la psychologue ce matin. Bérénice lui tend le livre. Comme un merci au coin des yeux. Angela le repose sur la table de chevet, et lui annonce un massage revigorant aujourd'hui. Une méthode thaïlandaise, pour stimuler le *chi*, comme ils appellent l'énergie. Cela consiste à tapoter le corps avec le côté des mains. Énergiquement mais pas trop fort. Angela commence aux pieds, comme à chaque massage. Immédiatement, Bérénice ressent son corps revivre. Comme si ce contact vivifiant la ramenait fermement à la réalité charnelle. Un corps dont elle ne prend pas soin, qu'elle n'habite même pas. C'est une autorisation à prendre sa place, à vivre, à faire partie des vivants subitement. Le rythme effréné du massage convient parfaitement à celui de ses pensées. Ça pulse dans tous les sens, lui permettant d'avoir une vision plus vaste, avec de la hauteur, sur sa vie, ses choix, ce qu'elle désire. Mon Dieu, elle n'avait jamais pensé à cela. Que désire-t-elle ? Sa poitrine se serre encore. Une douleur insupportable. C'est le bruit de la respiration d'Angela qui aide à reprendre de l'air. Elles respirent ensemble, comme si l'une soutenait celle de l'autre. La tête lui tourne. Heureusement qu'elle est allongée. Elle peut à présent sentir la maigreur de son corps, chaque point de contact avec le matelas. C'est une sensation douloureuse, mais étrangement euphorisante. Elle vit. Elle doit prendre soin d'elle, s'alimenter, autant le corps que l'esprit. La séance d'hypnose de la veille lui a laissé un amour infini pour sa petite fille intérieure, à présent, elle en ressent pour la femme qu'elle est aujourd'hui aussi.

Angela lui dépose une bise sur la joue. Cela la brûle presque. Mais elle la reçoit avec tellement de gratitude. Les larmes poussent du fond de sa poitrine. Rien ne sort. Ni merci, ni sourire. Rien. Angela reprend le livre, et en dépose un autre, de John Welwood, *Parfait amour, imparfait bonheur*. À peine la porte fermée, Bérénice débute la lecture.

« L'humanité dans son ensemble est encore un enfant qui a besoin de guérir, de savoir qu'il est beau dans sa nature même. Dire oui aux ressentiments, avec une volonté de traiter avec eux. »

Elle a besoin d'aller prendre l'air, elle étouffe, elle s'est trop étouffée. En arrivant dans le patio, elle ne sait plus où se mettre. Elle reste plantée là, comme la plante dans le coin en face. Elle ne bouge pas, et pourtant à l'intérieur monte une vague, un tsunami émotionnel, dont elle ne peut que constater l'arrivée. Elle sent le contact d'une main dans la sienne. Elle n'a pas le temps de lever les yeux vers son propriétaire. Les larmes montent. D'abord doucement puis furieusement, comme une écluse. Elle ne peut plus s'arrêter, aveugle et pourtant tellement au clair. La main l'entraîne doucement. Elle ne résiste pas, elle suit cette main tendue qui lui permet enfin de déposer son fardeau, sans jugement ni paroles. Tout se fait dans le lien, un soutien inconnu qui répond parfaitement à son besoin. Elle n'entend que les battements de son cœur qui explose, se réveille, se dégourdit.

En sentant sous ses fesses le contact un peu mou d'un matelas, elle arrive enfin à lever les yeux vers la personne au bout de la main. Ils sont dans une chambre. C'est une femme grande, aux épaules carrées, un visage doux rasé de près. Comment cela est-ce possible ? Mais elle plonge ses yeux dans les siens. Et entend sa bouche exprimer :

– Je m'appelle Bérénice.

Elle lui sourit, montrant des dents blanches et fortes. Son regard est englobant, rassurant, malgré une pointe de crainte que Bérénice imagine que la femme ressent. Un sentiment étrange de retrouvailles, de complétude. Leurs âmes communiquent respectueusement dans le silence des Hommes.

Tout prend sens. La vie, l'amour, la mort. Une furieuse envie de poser ses lèvres sur les siennes, comme pour sceller leur dialogue muet et sacré. Elle doit ressentir la même chose puisqu'elle s'avance vers elle, et l'embrasse. Le pacte est passé. Désormais, elle va vivre pour elle, avec cette étrangère pourtant si familière. Rien n'est tracé, mais tout s'éclaire. La route est inconnue, mais elle a la capacité de choisir, de comprendre, d'être heureuse. Elle est Bérénice. Elle renaît à elle-même, glorieuse.

Le retour à la case départ de Marguerite

La lumière qui filtre à travers les arbres est magnifique. Douce, mais puissante. Le tapis de mousse sous mes pieds nus me cajole. J'avance tel le vent au milieu des feuilles vertes, pleines de la sève du printemps. Le chant philharmonique des oiseaux me porte plus haut. Bien plus haut que la cime des arbres. Je sens les voiles de ma robe se plaquer sur ma peau. La légèreté. On m'appelle au loin, « Marguerite, Magie ». L'odeur de la nature qui se réveille pénètre directement dans mes poumons, sans filtre. Je respire. Je suis le vent. Je suis la sève. Je suis le chant des oiseaux. Mon cœur déborde d'amour du tout ce qui est, sans limites de distinction. Je suis le début et la fin.

Mais un bruit perçant brûle mes oreilles. Est-ce un aigle ? Je suis aspirée vers le bas, une chute vertigineuse et sombre. J'ai peur. Puis la douleur, écrasante, qui me plombe dans un corps trop étroit, trop vieux. J'ai la bouche sèche. Je n'arrive pas à déglutir. J'essaie de parler, mais je n'y arrive pas, mes lèvres sont collées. Ma vision se clarifie un peu. Le bruit vient d'une machine postée à côté de moi. Il y a quelqu'un habillé en blanc qui s'affaire autour. Des bruits de papiers froissés. Où suis-je ?

– Voilà madame T, ça va aller à présent. Je vais vous faire un bain de bouche.

Quelque chose frotte mes lèvres, puis s'introduit dans ma bouche, frotte mes dents, durement, passe sur ma langue. J'ai envie de hurler, de taper cette blouse sans visage, sans regard, qui me martyrise autant. Je gémis, je crois, je ne sens que mes sourcils qui se froncent comme pour s'enfoncer dans mon crâne.

– Et voilà, toute pimpante, lance la blouse, visiblement satisfaite de son acte.

L'odeur de la menthe vient épouvantablement couvrir une odeur de pisse mélangée à celle des excréments. Mais tout cela n'est rien comparé à ce qui me vient à présent. Une odeur fauve, épaisse et sombre. Suis-je une lionne en cage ? Étrangement, mes yeux voient nettement plus loin, mes oreilles entendent des sons infimes, d'ici et d'ailleurs. Et je ressens tout dans ma peau. C'est une douleur épouvantable. Mais voilà qu'à présent se rapproche un char céleste, guidé par deux magnifiques chevaux blancs. Un homme à la crinière blonde flamboyante me sourit, et m'emporte. Il porte un large bracelet d'or à chaque poignet. Dieu qu'il est beau. Amour...

J'entends la voix de Paul, au loin, très loin. Il semble se fâcher. Une voix de crécelle lui répond. Ils argumentent et ne sont visiblement pas d'accord. Je fais un effort surhumain pour soulever mes paupières de plomb. Il fait sombre autour de moi. J'aperçois un ciel gris qui peine à laisser partir le soleil se coucher. J'arrive à tourner mon crâne. J'aperçois Paul à l'entrée de la porte. Il gesticule nerveusement. Tiens, il y a la petite de la nuit qui semble être remontée contre lui comme un coucou suisse. Je veux l'appeler, mais je n'arrive qu'à émettre un râle à peine audible. Oh, Paul, entre s'il te plaît.

Une main chaude et douce caresse la mienne. Mes paupières s'ouvrent plus facilement. Je peux voir le visage rayonnant d'une jeune femme. Son sourire prend toute la pièce.

– Bonsoir, Marguerite, je suis Louise, l'infirmière de l'équipe mobile de soins palliatifs. C'est moi qui ai l'honneur de vous cajoler en ce moment. Est-ce que vous comprenez ce que je vous dis ?

Je n'arrive pas à articuler quoi que ce soit. Toute tentative de mouvement de ma langue est rejetée par une épaisse pâte envahissant ma bouche.

– Est-ce qu'il vous est plus facile de cligner des yeux ? me demande-t-elle.

Miracle, j'y arrive.

– Magnifique ! Je vous propose de cligner une fois pour oui, deux fois pour deux, d'accord ?

Je cligne une fois.

– Parfait, bravo. Prenez votre temps, je suis là pour vous. Avez-vous mal quelque part ?

Je cligne deux fois. Ce n'est pas de la douleur, c'est de la lourdeur.

– OK. Voulez-vous que je nettoie délicatement votre bouche pour que vous puissiez mieux bouger votre langue ?

Malgré le souvenir épouvantable de la fois précédente, je cligne une fois des yeux. La douceur de sa voix me rassure.

– Très bien. Je vais prendre comme un long coton tige, voilà, c'est ça. Je vais commencer par le passer sur vos lèvres. Comme ça. Voilà. À présent, je vais le passer doucement sur vos dents du haut, d'accord ?

J'arrive même à ouvrir un peu les lèvres pour faciliter l'entrée.

– Bravo, vous êtes formidable de m'aider, merci. À présent, je passe sur vos dents du bas, OK ? Parfait. Voilà, on a presque fini, vous êtes courageuse.

Son sourire semble m'englober dans un cocon relaxant que sa voix berce.

– Maintenant, si vous pouvez, vous mettez votre langue à droite. Voilà, c'est ça, parfait. Puis à gauche. Voilà. Je passe sous la langue maintenant. C'est bon. On a presque fini. Maintenant, c'est la partie la plus désagréable, le palais, mais on a tout notre temps. Je ne vais pas appuyer, juste le frôler, mais ce n'est pas très agréable comme sensation. Si cela vous embête de trop, faites-le-moi savoir en ouvrant grand les yeux, ou en tapant votre doigt sur ma jambe, OK ?

Je cligne une fois. C'est vrai, elle est assise sur le bord de mon lit. C'est adorable. Comme une mère au chevet de son petit. Effectivement, la sensation n'est pas agréable du tout. Mais elle y va doucement. Passe un peu, puis arrête. J'ai enfin retrouvé la mobilité de ma bouche. J'arrive à avaler ma salive. Je lui souris en guise de remerciement. Aucun son ne peut sortir malheureusement. Elle caresse ma joue, me félicite pour mon courage et mon aide. Elle m'explique que pour ne pas avoir mal à la cicatrice de mon ventre, ils me mettent de puissants calmants. C'est ce qui peut provoquer la lourdeur du corps, notamment de la bouche, et la difficulté à parler, mais que ça va s'équilibrer et que ça ira mieux dans peu de temps. Elle me dit que je suis dans ma chambre, à la maison de retraite, et que pour compléter les soins à la suite de mon opération, elle va passer tous les jours aider les soignants de la maison. Je cligne une fois des yeux, je comprends ce qu'elle me dit. Je cligne deux fois, je n'ai pas faim.

– Ce n'est rien, vous êtes alimentée par une perfusion, soyez sans crainte. Mais si quelque chose vous ferait plaisir à manger, demandez-nous, on vous le donnera. Même un gâteau au chocolat, une glace ou du champagne ! plaisante-t-elle. Tout ce dont vous auriez envie, sans besoin d'être raisonnable, OK ?

Elle me laisse me reposer, reprendre des forces. Elle reviendra demain matin. Douce nuit. Moi, je repars vers ailleurs.

Les fissures de Nick

Merde, il est 10 heures. Nick n'a pas entendu sonner le réveil, pourtant habitué à sonner en boucle. Ça va, c'est pas grave, il doit être dans une heure à la Défense, chez l'avocat du groupe, pour signer le contrat. C'est étrange, c'est son heure de gloire aujourd'hui, et il n'a même pas la gaule en sautant du lit pour avaler son café. Faut dire que la soirée fut bizarre. Il n'a même pas répondu aux nombreux appels de Benjy, encore. Il avait besoin d'être seul. De faire le point. Il était peut-être malade. Une vague nausée. Un mal de tête. Mais surtout un poids sur le cœur.

Il avait repensé à Margaux. Cette fille en 5e pour qui il avait des sentiments intenses d'amour. Pendant deux ans, elle l'avait baladé comme son chien. Lui demandant d'exécuter ses tâches ingrates, devant ses copines qui se marraient comme des fouines. Il lui écrivait des poèmes. Lui portait son sac. Allait s'asseoir des heures sous sa fenêtre pour l'apercevoir. Un seul de ses sourires suffisait à effacer tous les mots durs qu'elle lui balançait. Puis en arrivant au lycée, en tout début d'année, elle l'avait humilié une fois de trop. Toute l'école était sous le préau, essayant de se protéger de la pluie battante. Il venait lui rendre un devoir de chimie qu'il avait fait pour elle. Elle avait estimé qu'il n'avait pas été assez discret, et elle l'avait insulté haut et fort. Déclarant qu'il n'était qu'une merde sans couilles, en plus d'avoir un cerveau de triso. Puis elle lui avait craché à la gueule. Tout le monde avait rigolé. L'avait hué. Toute l'année durant, il avait été la risée de toutes les classes. Il avait fini par changer de lycée l'année d'après, tant sa souffrance était pénible. Il avait développé une haine des filles, tout en se promettant de les comprendre à mort, pour se jouer d'elles jusqu'au trognon, et se venger. Dans son nouveau lycée, aidé du sport qu'il pratiquait à outrance, comme un besoin viscéral de prendre une place musclée, il voulait s'imposer. Et c'est ce qu'il a fait. Il était devenu l'un des garçons les plus populaires, enchaînant les conquêtes, masqué par sa verve habile et ses manières, il était devenu Nick la trique.

Alors hier soir, il a pris soin de lui. Il s'est fait livrer un menu gastro, un jus frais, a bouquiné et s'est couché avant minuit. Il se sent étrangement présent à lui-même ce matin. À lui, Nicolas, pas Nick la trique. En se regardant pour se raser, il se trouve différent. Comme s'il pouvait se voir pour de vrai, comme s'il s'était perdu depuis vingt ans.

Il regarde sa montre, 10 heures 45. Il va avoir quelques minutes de retard, il envoie un message à l'avocat pour s'en excuser, et fonce, la roue de son scooter réparée et ramené la veille par son pote Mike, qui avait tout géré pour lui. Faudra penser à lui envoyer une caisse de pif pour l'en remercier.

13 heures 30. Au vu de l'heure tardive, il invite ses clients à déjeuner dans le coin, ne voulant pas prendre le risque de se voir refuser une table gourmet s'ils partent plus loin. Ils s'installent dans un petit bistrot au pied de la tour. Il est bondé, mais la serveuse arrive à leur aménager une table pas trop mal placée. Elle a facilement compris qu'il ne voulait pas se mettre devant les cuisines et qu'il semblait être d'un niveau plus élevé que la norme habituelle. Au milieu des éloges de ses clients, il ne peut s'empêcher d'observer la serveuse. Il n'a pas envie de la baiser. Non, il est juste curieux. Elle a une grâce étrange. Un peu maladroite, mais une assurance déroutante. Ses yeux verts sont vifs. Il est impressionné de la qualité du service, malgré l'endroit, et le fait qu'elle soit seule à tout gérer. Il se surprend à imaginer sa vie. Pourquoi elle bosse ici, alors qu'elle lui paraît cortiquée pour faire autre chose de plus intéressant. De mieux payé, où elle pourrait utiliser tout le potentiel qu'il se plaît à lui voir. À l'arrivée des cafés gourmands, ils sont les derniers clients. Il entend le chef beugler au fond. Les bruits de casseroles. Sans réfléchir, au moment de payer, il dit à la serveuse avant de lui remettre sa carte de visite :

– Si vous voulez changer de métier, appelez-moi.

L'armure de Tracy

J'ai beaucoup de mal à rester concentrée sur le travail. Pourtant la journée est dense. Mais mes pensées sont toutes orientées vers le rendez-vous de ce soir. Le coup de téléphone à Laurent a été incroyable. Un besoin incontrôlable de nous voir, vite, non formulé et pourtant si clair. Nous nous sommes simplement donné rendez-vous pour parler du livre, comme une évidence, un moment de vie écrit à l'avance dans les annales du temps. Nous ne pouvions y échapper. C'était comme ça, là, maintenant. Comme des fruits bien mûrs prêts à être récoltés par la main divine qui saura s'en délecter. Le destin. Je n'ai jamais eu ce genre de pensées magiques, déterministes, quasi religieuses. Bon, je me rends à l'évidence. Nous devions nous rencontrer.

19 heures 20, j'entre dans le bar de l'hôtel. Il est déjà assis sur un des canapés entourant la table basse, feuilletant un magazine. Lorsqu'il me voit approcher, il se lève et me montre l'autre sofa pour m'y asseoir :

– Bonsoir Tracy, venez vous asseoir s'il vous plaît. Merci d'être venue, me dit-il.

Sa voix est grave, posée. Et pourtant, il semble ravagé. Il n'a plus rien à voir avec le souvenir que j'en garde à mon arrivée dans le wagon. Après l'arrivée de nos verres, il rentre dans le vif du sujet. Il m'explique que le livre l'a pulvérisé, percé à jour. Il s'est rendu compte que lui, au contraire du chevalier, n'a jamais allié de nobles causes à ses actes. Jamais. Il s'est enfermé dans son château de gloire professionnelle, de colère contre le monde, incompétent à son goût, de mépris. Mais sans raison aucune. Juste parce qu'il se sent supérieur, dans le sens où personne ne pense ni ne raisonne aussi vite et aussi loin que lui. Il a grandi dans une famille où les émotions ne s'expriment pas ni ne se montrent. Chaque membre de la fratrie, ils sont trois enfants, vit sa vie depuis toujours en enfant unique. Même les fêtes traditionnelles ne les rassemblent pas. Ils ne s'appellent pas, juste pour les naissances et les décès.

D'ailleurs, à la mort de leur père, il y a trois ans, cela faisait sept ans qu'ils ne s'étaient pas vus. Leurs enfants respectifs ne se connaissaient même pas. Ce qui semblait être du courage aux yeux des présents ce jour-là lui semblait juste être une pure indifférence, aussi bien de leur mère que de son frère et sa sœur. Ils ont parlé de leur travail respectif, tous motivés par le succès financier, mesurable et reconnaissable. Mais aucun n'a jugé bon de parler de ses peines, ses doutes, ses espoirs. Personne n'en avait, pense-t-il. Mais aujourd'hui, tout s'éclaire. Et c'est douloureux ce genre de réveil. Il se retrouve sur-le-champ brûlé de sa vie. Il ne sait pas comment s'y prendre, la question de la réparation ne semble même pas appropriée. Il se retrouve marié à une femme, qui lui a donné deux enfants, dont il ignore tout. Ouvrir le pont-levis de son château est évident, mais quel paysage voit-il au fur et à mesure qu'il descend ? Il a honte. Comme la fois où sa mère l'avait surpris à se masturber dans sa chambre. Elle l'avait d'ailleurs longuement puni pour cela. À chaque repas de famille, elle s'écriait à quel point la nature masculine, sans contrôle évident, était vile et infâme. La famille, les amis, jusqu'aux connaissances, étaient informés de son acte héroïque, à le ramener dans le droit chemin. Son père ne prononçait jamais mot sur le sujet. Il était bien trop occupé à faire fleurir son affaire. La maison n'était qu'une base de repas et de sommeil.

Il n'a jamais compris la réaction humiliante de sa mère. Après avoir décalotté son pénis jusqu'à ses douze ans, pour être sûre qu'il fonctionnait bien, il s'est vu être le misérable pécheur pervers. Il a vite appris à se masturber rapidement, très rapidement, pour ne plus avoir à entendre les récits en public de sa mère. Et cette rage qui aujourd'hui peut enfin éclater de sa poitrine.

C'est immonde ce qu'elle lui a fait subir. J'ai peine à respirer. Un poids écrasant sur la poitrine. Mes poings se serrent machinalement. Mais je ne veux le mettre mal à l'aise. J'ai besoin qu'il continue le déroulé de sa vie, ses chagrins enfouis, finalement, les trésors qui le guident jusqu'ici aujourd'hui.

Il traverse les différents châteaux de son âme, et j'ai l'honneur d'être à ses côtés. Et l'absence du père est à hurler. Je n'avais jamais imaginé que les mères puissent être abusives. On entend seulement parler des pères, des hommes, qui abusent des enfants. Mais là clairement, c'est un viol détourné qu'il a subi. S'en rend-il seulement compte ? Mais finalement, en a-t-il besoin ? À quoi ça sert de brasser la merde du passé ?

Il continue après avoir absorbé la moitié de son verre d'une traite. Il a fréquenté une fille au lycée, une de celle que personne ne remarque, les cheveux lisses, une frange toujours impeccable au-dessus de lunettes qui lui mangent le visage. Ils faisaient leurs exposés ensemble. Il lui tenait parfois la main, en la raccompagnant chez elle, après les cours. Puis elle lui donnait des baisers, d'abord sur la joue, puis fugacement sur les lèvres. Il rentrait frénétiquement chez lui se soulager, sans un bruit, dans les deux minutes tolérées à chacun aux toilettes uniques de la famille. En fin d'année, révisant leur bac ensemble dans sa chambre de jeune fille, elle s'était pressée contre lui. La tension dans son corps avait été telle, qu'il l'avait renversée sur le lit, avait soulevé sa longue jupe, ouvert sa braguette. Elle avait dû retirer sa culotte, à laquelle il n'avait pas pensé. Et ni une ni deux, il était entré en elle, et avait éjaculé, les yeux révulsés. Elle avait eu mal, mais il n'en avait pas fait cas. En se redressant pour remettre sa culotte, elle avait murmuré un « C'est pas grave » qui l'a anéanti.

Il n'a pas reproduit l'expérience, jusqu'à sa dernière année d'école de commerce. Il a rencontré celle qui allait devenir sa femme. Une fille de bonne famille proche de la sienne. Ils s'étaient mariés au bout d'un an, vierge. La nuit de noces a été tout aussi similaire à cette journée de révision du baccalauréat. Elle n'en a pas fait état, ni jamais d'ailleurs. Lui a sauté sur tout ce qui bougeait dès lors qu'il a acquis un statut dans l'entreprise où il est entré, pour en gravir les échelons jusqu'à la direction. Le tout en seulement dix ans...

C'est étrange, mais je compatis. Aucun jugement ne m'envahit. Juste de la tendresse pour cet homme qui brûle à présent de réaliser sa froideur jusqu'ici. Je sens le feu en lui qui le consume. C'est comme un feu de la Saint-Jean. Un nettoyage profond. Ses yeux sont dans le vague, comme s'il consulte les annales sacrées de sa vie, un purgatoire divin qui absout tout, clarifie le cœur et l'âme, une résurrection. Puis ses yeux se posent dans les miens, intensément. Ce n'est pas le pardon du père qu'il cherche, mais c'est le pardon de la femme que je lui offre. Un regard doux sur un homme blessé et blessant. Une larme perle à son œil. Je lui souris, et me lève pour m'asseoir à ses côtés, pour le serrer sur mon cœur, jusqu'à ce qu'il puisse le sentir battre, lui accorder, au nom de toutes, le pardon tant mérité. Son corps se détend, s'assouplit, comme délivré d'un immense poids trop longtemps porté.

– Merci, me dit-il.

En me redressant, je prends son visage dans mes mains, essuie les larmes pudiquement libérées, et sans réfléchir, lui dis :

– Je suis là. Je te vois.

Il prend mes mains, qu'il pose sur son cœur. Il bat la chamade à tout rompre, mais très rapidement, atteint un calme saisissant. Lent et fort. C'est ça tomber vers le haut quand on lâche prise...

Jeanne s'élève

Jeanne se lève sans réveil. Elle est reposée, détendue. Pourtant, la lecture du livre l'a beaucoup fait réfléchir, des rêves nocturnes à n'en plus finir. Mais ce matin, elle se sent comme Rocky dans *L'œil du tigre*, la patate grave !

Elle regarde son téléphone. Elle a des appels de Marjorie jusqu'à minuit. Puis une vidéo. Elle l'ouvre, et visionne son amie se faire prendre par derrière dans les toilettes d'un bar, semble-t-il. Il est temps qu'elle opère le même nettoyage amical que celui fait dans son armoire. Elle n'a plus le même délire à présent.

Elle repense à un conte en particulier, lu hier. Celui de la femme squelette. Sans trop comprendre clairement, cela a fait écho en elle. La femme squelette n'était pas morte, mais pas vivante non plus. C'est un pêcheur qui va finalement lui redonner vie. Par curiosité, empathie, sûrement. Il réchauffe les os, les remet en ordre... Elle a senti qu'elle ne vivait pas vraiment. Que la possibilité de prendre corps au côté d'un homme serait possible, mais seulement si le cœur de celui-ci est bon, prêt à donner de sa personne et de ses soins à quelque chose qui était effrayant à première vue, mais qui a tout de même suscite son attention. Finalement, l'amour serait un grand saut dans le vide, maintenant par le fil du cœur. Et le cœur, ce serait la curiosité de l'autre, et le profond respect.

En arrivant au restaurant, elle salue le chef, qui pour une fois, lui retourne son bonjour, sans crier, ni critiquer, ni attaquer. Incroyable comme les jours se suivent mais ne se ressemblent pas, surtout lorsque l'on change sa paire de lunettes sur le monde. La porte claque, c'est M. Pierre. En lui déposant son thé, elle lui déclame la fin du poème oublié de la veille, qu'elle a pris soin d'apprendre pour lui.

– Ni mon amour d'aimer, ni mes grands repentirs, ni mes pleurs, n'obtiendront que la foi me revienne.

C'est une angoisse impie et saine que la mienne : mon doute insulte en moi le Dieu de mes désirs.

Pourtant je veux prier, je suis trop solitaire ;

Voici que j'ai posé mes deux genoux à terre : Je vous attends, Seigneur ; Seigneur êtes-vous la ?

J'ai beau joindre les mains, et, le front sur la Bible, redire le Credo que ma bouche épela, je ne sens rien du tout devant moi.

C'est horrible.

Il la regarde intensément, des larmes roulant sur ses joues barbues creusées par le temps. Il sourit aussi, comme un enfant à qui on a donné une glace tant rêvée. Un silence pudique et complice les entoure dans le temps suspendu.

– Sully Prudhomme. Étonnant comme on peut accrocher les doutes à la foi. Merci ma chère.

Son cœur se sent rempli, comme la femme squelette. Un petit geste qui fait toute la différence. En se relevant, elle pose sa main sur la sienne.

Le service est particulièrement dense aujourd'hui. Pourtant, elle déborde d'énergie et tout semble se dérouler facilement. Jusqu'à ces clients tardifs, à qui elle trouve un emplacement approprié à leurs souhaits. Un jeune homme grand et chic, accompagné par des personnes qui visiblement n'ont jamais mis les pieds dans un bistrot de quartier. Ils restent jusqu'à la fermeture, mais elle apporte tous ses soins. En payant, le jeune homme lui donne sa carte de visite en lui demandant de l'appeler, si elle envisageait faire un travail plus ambitieux, plus adéquat à ses capacités.

En rejoignant l'esplanade, elle est saisie par son immensité, sa vastitude. Elle ne s'était jamais vraiment demandé ce qu'elle avait envie de faire comme job. À la fin de ses études, elle avait eu besoin de payer ses factures, elle avait ratissé large, jusqu'à ce bistrot du midi. Elle n'avait pas souhaité payer plus que ses besoins primaires, un studio, quelques sorties, des livres. À présent, elle se surprend à espérer, à vouloir du mieux, mais au sens du juste. C'est vrai qu'elle n'utilisait pas ses capacités littéraires. Elle avait obtenu avec mention son master en littérature moderne. Elle aurait pu s'orienter vers des métiers en communication, en critique littéraire, bon sang, la tête lui tourne. Elle réalise qu'elle a manqué d'ambition, par un déficit de confiance en elle et de ses capacités. Elle s'est dirigée vers le facile. Bien sûr qu'elle apprécie le contact avec la clientèle. Les satisfaire, leur faire passer un bon moment, répondre à leurs demandes, mais finalement assez restreintes. Elle sourit au pâle soleil de fin d'hiver. Il a au moins le mérite d'être là. Elle va appeler cet homme, elle verra bien ce qu'il propose, après tout, elle ne risque rien.

– Chapitre 5 – Vendredi

Le retour de Nicolas

9 heures. Nick attend la jeune serveuse sur un canapé douillet du *Lutetia*. Il a été un peu surpris qu'elle lui envoie un message en fin de journée. Comme quoi, sa demande spontanée avait eu du sens pour elle aussi. En la voyant arriver, il se sent un peu perdu. Il ne peut pas l'aborder comme il le fait habituellement, que ce soit pour un contrat, ou pour baiser. Non, cette fois ça n'a rien de classique. Et merde, ça le déstabilise. Qu'est-ce qu'il doit dire ? Quelle gestuelle adopter ? Il mesure à quel point il n'est pas naturel. Qui est-il finalement ? Il lui fait signe, sa main tremble. Mais bon sang son large sourire le détend quand même un peu. Sa cravate lui serre la gorge, il devrait peut-être la retirer, mais impossible à présent. C'est elle qui engage la conversation :

– Bonjour. Merci de prendre le temps de me rencontrer si vite. Je dois dire que je suis assez curieuse d'entendre ce qui motive votre proposition.

Elle laisse un petit silence s'installer.

– J'hésite entre un plan de drague écœurant, une possibilité de changement professionnel inattendu et bienvenu, et une erreur de casting ! décoche-t-elle avec un sourire amusé et provocateur.

Sa franchise le scotche ! Mais au moins, elle lui donne le ton de la discussion. Il va être franc lui aussi, il en a presque le vertige. Sans préméditation, il s'élance. Les derniers jours assez étranges, inhabituels même. Sa prise de conscience de la rage qui l'anime depuis si longtemps. Il ne vit pas, il prend sa revanche sur la vie, sur une fille, en fait une histoire vieille de plus de la moitié de sa vie. Il en rigole même en l'énonçant. Il en vient à leur rencontre d'hier. Il a beaucoup apprécié la qualité de son service, dénotant avec l'endroit assez populaire. Sans trop comprendre pourquoi, et en reconnaissant que ça ne lui ressemblait pas du tout, il a eu envie de lui tendre la main. Si elle en avait besoin, bien sûr. Un truc en lien avec ce que lui a dit un chauffeur de taxi trop bizarre, sur le respect de soi et donc d'autrui...

Nicolas n'a jamais posé ses yeux dans ceux d'une autre aussi sincèrement. Il en est tout autant déstabilisé que réjoui. Impossible de comprendre pourquoi il se dévoile comme ça, avec une inconnue, qu'il va sûrement embaucher qui plus est. Il laisse son mental de côté, et revient dans l'instant, n'écoutant que son instinct. Elle lui plaît. Pas comme une proie, non. Mais comme une personne intrigante, lui donnant sûrement sans le vouloir, accès à ses profondeurs les plus enfouies.

Il repense au livre de Laurent Gounelle (*Je te promets la liberté*) qu'il a commencé quelques jours plus tôt. Ça parle de profils de personnalités, selon une numérologie. Et en fonction de ton type, tu agis en conséquence. Il a d'abord pesté à la supercherie dogmatique. Font chier avec leurs théories déterministes ! Il ne croit pas du tout que tout est écrit à l'avance ! Et pourtant, à ce moment précis, il trouve que cela peut avoir du sens.

Il n'a pas envie de la quitter, mais tous deux doivent aller travailler. Il aimerait tellement lui dire qu'il est en train de sentir son cœur battre fort dans sa poitrine. Qu'il est terrorisé mais intrigué ! Qu'il a presque envie de lui donner toute sa confiance sans rien attendre en retour !

Ils se serrent la main, il laisse la balle dans son camp, au moins pour le pro. Le perso aura besoin de temps de son côté.

« Adieu Nick la trique, tu m'as permis de tenir le coup, mais je n'ai plus besoin de toi à présent. Je grandis. » pense-t-il.

Dernières heures de Johnny

Il est 5 heures, le bruit des chariots de soin dans le couloir tire Johnny de son sommeil. Combien de temps a-t-il dormi ? Deux heures peut-être. À 7 heures 30, ils viendront le chercher pour l'emmener au bloc. Avant, une infirmière viendra le raser entièrement et le couvrira de Bétadine. Il lui a proposé de le faire lui-même, dans un sursaut de pudeur. Machinalement il serre ses doigts sur son sexe recroquevillé. Il l'effleure à peine. Demain, ce contact si longtemps partagé ne sera qu'un souvenir. Il ferme les yeux et se concentre pour ancrer ce moment. Il se souvient des moments de plaisir partagés. La densité de son sexe. L'odeur de son sperme après la masturbation. Il imprime tout cela une dernière fois, presque par respect.

Il pense à l'après. Il visualise les tableaux qu'il a patiemment conçus sur les conseils de sa psychiatre. Se projeter en se fixant des objectifs et les détailler. Pas si facile mais si nécessaire pour créer sa nouvelle réalité. Patiemment il est rentré en contact avec ses rêves, méthodiquement il a cherché sur la toile, dans les magazines, les images, les musiques, les films qui rentraient le plus en vibration avec ses souhaits. Au bout, des collages rieurs qui lui font face au coucher et au réveil. Et puis, un visage se superpose.

Hier dans le patio, il a tenu cette main inconnue pendant que son corps à elle déversait en silence, des flots de larmes. Lui, encore dans l'antichambre de sa métamorphose, prêt à percer sa chrysalide en offrant ses attributs, elle, trouvant dans le creux de sa main le signal pour laisser aller un chagrin si grand, si lointain.

Les brunes sont sa destination préférée. Le noir de leurs cheveux, le brun de leurs yeux, le piquant de leurs humeurs, l'épice de leur peau et toujours leurs lèvres rouges. Pourtant à la regarder, il s'exilerait volontiers près de cette peau diaphane. Ses cheveux blonds, pas si longs sont emmêlés, et encadrent un visage mangé par deux grands yeux bleus, cernés de noir, témoin d'insomnies. Elle lui fait penser à Jane Seberg, avec ses grands yeux pleins de mélancolie, son teint parfait. Elle a de longs cils bruns qui accentuent les ombres qui soulignent ses yeux. Ses mains sont fines, et à son annulaire gauche un anneau doré...

Il a tenu sa main longtemps. Pendant son inscription aux entrées de la clinique pour rejoindre sa chambre, précédé d'une infirmière qui ne fit aucun commentaire sur cette suite improbable. Ici, il ne semblait pas y avoir d'idées arrêtées sur ce qui était normal ou pas. Une femme qui pleure entraînée par une bientôt femme qui semble lui ouvrir un chemin. Est-il nécessaire de trouver des raisons à tout ?

La magie de l'instant est un état de grâce qui ne peut être qu'une rencontre entre deux énergies. Il n'avait pas pris le temps d'ouvrir sa valise et avait juste prêté attention aux recommandations de l'infirmière sur la procédure préopératoire. Ils s'étaient assis sur le lit, la femme en eau docile, se coulant dans le mouvement qu'il imposait, sans résister. C'est d'ailleurs cela qu'il sentait intuitivement dans cette femme qui pleurait au bout de sa main. Une envie de ne plus résister. D'ouvrir les vannes, de lâcher le barrage comme lui avait dit le docteur Sibelle, un jour.

Une drôle expression qui en disait long. Elle ne parlait pas de l'eau derrière le mur, non. Mais bien du barrage en entier qui obstruait son horizon et ses possibles. Tant de frustrations, de regrets, de déceptions et surtout de résignations emmagasinées. Il faudrait plus de temps pour les enlever un à un, c'est sûr, mais pour l'heure, elle laissait couler. Une femme est un réservoir qui peut se bercer d'illusions pour le bien du monde. Qu'avait-elle compris de toutes ces injonctions paradoxales que reçoivent les femmes depuis leur prime enfance pour devenir ce déluge ?

Ils formaient un drôle de tableau, son profil dans la pénombre pourrait être peint par de La Tour. La lumière intérieure de cette femme apparaissait avec la nuit. Elle n'avait rien d'une Madeleine, en repentance d'elle-même. Beaucoup plus tard alors que sa main était engourdie, il entendit pour la première fois sa voix :

– Bérénice, c'est mon prénom.

Celle qui porte la Victoire, en grec. Cette rencontre est-elle le couronnement de sa persévérance à se respecter au-delà de tout ?

– Pour quelques heures, je suis encore Johnny, mais demain tu pourras m'appeler Jenny, avait-il répondu.

Et voilà nous y sommes. On frappe à la porte. L'infirmière et son escorte entrent.

Marguerite en nettoyage

Le réveil est douloureux. C'est comme si un tracteur m'était passé dessus. Il fait sombre encore dehors. Quelle heure est-il ? J'essaie d'attraper la sonnette. Impossible, mes mains sont liées par des sangles, je peux à peine les relever de quelques centimètres. J'ai envie de hurler. Alors qu'un son s'apprête à sortir, je le réprime. C'est étrange cette situation. Cela m'en rappelle une autre, mais je ne sais pas quoi ? Quelque chose de très ancien. En fait, au-delà de la peur, je suis curieuse. J'entends presque un message divin prendre corps, du plus profond de moi.

Prendre mes responsabilités. J'ai toujours fait ce que je veux. Mon pauvre Gaston, mon mari, m'a beaucoup gâtée. Il ne s'opposait jamais à moi. Il était bon. Je l'ai souvent jugé faible. C'est moi qui portais la culotte, et je régentais mon petit monde à la baguette. Quelle satisfaction en ai-je retiré ? Coincée dans mon lit comme un animal sauvage, je touche mon manque d'humanité. Qu'ai-je fait de ma vie ? Comment ai-je aimé ? Je n'ai vécu que pour moi. Ordonnant, exigeant, contrôlant. Qui ai-je laissé m'approcher finalement ? Étant si éloignée de moi, qui l'aurait pu ? Je suis la cantatrice chauve. Toute cette agitation n'avait pas de sens. J'ai tellement voulu vivre à travers les livres, ces aventures romanesques qui me renvoyaient une vie quotidienne si insipide. Que vous ai-je fait mes pauvres chéris ?

Paul, viens ! Je dois te dire tout ce que je vois de moi ! Mais je reste là, attachée au lit, et cela n'a rien d'un conte de Régine Desforges. Non, ce n'est pas pervers, au contraire, je vois, je sens, je réalise. Reste avec toi Maggie. Respire autant que tu le peux encore. Et apprends. Il n'est jamais trop tard. Dans la douleur de mon corps et celle de mon âme, j'ouvre plus grand mon cœur. J'accueille ce qui est, sans lutte ni violence. Suis-je en train de mourir ? C'est ça alors ? Se voir sans filtre et pourtant réussir à s'aimer ? M'aimer ? Je l'ai pourtant toujours cru. Mais aujourd'hui, devant la brutalité de mon personnage à contre-courant, j'accueille dans mes bras la pauvre idiote que j'ai été. Oui, je crois que c'est ça l'amour de soi. Être capable de se pardonner, pour demander pardon aux autres. Ai-je peur de mourir ? Oui, affreusement. C'est comme si je venais juste de naître ! De naître à mon vrai moi, authentique, sans masque de bal. Et je suis nue, sans robe à voiles. Et c'est tellement plus heureux.

Je suis en colère finalement. Pourquoi m'a-t-on laissé me déguiser ainsi ? Gaston, voyons ! Et Paul à présent ! Mes enfants, vous n'avez jamais émis d'objections ! Mais je vois bien comme il était vain d'essayer. Derrière mes plaintes, mes cris, mes larmes gréco-dramatiques, j'ai été entourée de gens aimants qui m'ont acceptée telle que je suis. Oh, ils ont bien dû se rebeller de temps à autre, mais sans grand succès. J'ai été aimée, oui, grandement. Mais j'ai bien mal aimée. Des sanglots poussent dans ma gorge, je les ravale.

On tape à la porte tout en l'ouvrant sèchement. J'ai dû m'assoupir. Un pâle soleil arrive à percer la grisaille au-dehors, jusqu'à ma fenêtre. C'est l'aide-soignante, Laury, qui lui lance en rafale :

– Bonjour Madame T. Bien dormi ? Il semblerait que vous avez été très agitée cette nuit. La soignante de garde, pour votre sécurité, a dû vous immobiliser. Elle pouvait pas rester dormir avec vous, vous comprenez ! On est pas au Ritz ici, pas de lits médicalisés ni de valets à chaque orteil. Bon, on va changer votre protection et nettoyer votre bouche.

Elle parle vraiment très fort. La porte est restée ouverte. J'ai un peu honte que les autres puissent entendre ce genre de discours à mon encontre. Mais je ne la blâme pas. Elle est si jeune. Et à cette heure, elle doit passer dans toutes les chambres en une heure maximum, pour garantir la bonne prise du petit déjeuner. Alors une alitée comme moi va beaucoup la retarder dans son planning.

– Bonjour mesdames ! C'est la douce voix de l'ange soignant d'hier. Je vais prendre le relais si vous voulez bien Laury, je suis là pour ça.

La petite jeune semble soulagée et part rapidement en remerciant Louise. L'atmosphère n'est plus la même. Il règne à présent une douce sérénité. Sa voix est basse, presque un murmure, mais je l'entends jusqu'au cœur de mes cellules. Elle commence par un soin de bouche, toujours aussi délicate. Elle est ravie d'entendre que je peux plus facilement parler aujourd'hui. Je l'autorise à me faire une toilette. Mon Dieu, je reporte des couches, à mon âge ! Louise sent que cela me chagrine. Elle me rassure, m'expliquant que tant que je ne peux pas me lever sans douleur, il est préférable d'avoir une protection, que de souffrir pour aller aux toilettes. Une protection... quelle délicatesse. Elle disparaît dans la salle d'eau, reviens avec mes produits de beauté, me met de la crème hydratante sur le visage, me parfume et me propose même de me farder. Toute cette douceur m'aide à supporter la douleur de chaque mouvement, infligée à mon corps. Je fais des escarres. Il va falloir faire attention. Elle place des bandes sur mes talons, mes coudes, mais m'explique que pour ceux des fessiers, à part de la crème, on ne peut rien faire, juste essayer de me tourner de temps en temps quand j'en aurai la force. Lorsqu'elle me demande si quelque chose me ferait plaisir, je lui demande d'aller chercher mon Paulo. Je lui explique qu'il loge au bout du couloir à droite. Mais il va devoir sûrement avoir besoin d'une autorisation de la reine mère, et ce n'est pas sûr qu'il l'obtienne.

– Ne vous inquiétez pas, c'est comme si c'était fait, je m'en occupe tout de suite en sortant. Autre chose ?

Je n'ose lui demander une bougie à la fleur d'oranger. Il y a une odeur épouvantable dans cette chambre, malgré ma toilette. Elle dépose une bise sur ma joue, m'informant qu'on se revoit ce soir.

Paulo tape à la porte et passe discrètement la tête au-dedans. Enfin, le voilà.

Laurent revit

– Laurent, tu as oublié de mettre le réveil ! Il est 8 heures !

Il ouvre les yeux, lui sourit, et l'embrasse.

– Je ne vais pas aller travailler au bureau aujourd'hui. Je reste à la maison, lui murmure-t-il.

Il sent comme un feu monter de ses pieds, se diriger vers sa colonne vertébrale, dressant son sexe, touchant son cœur, explosant son âme. Dieu qu'elle est belle ! Il a presque envie de pleurer. Sa main se pose sur son épaule, couverte par son pyjama. Il remonte sur sa nuque, caresse ses cheveux. Il l'embrasse plus longuement. Il sent sa réticence. Elle est toute raide, ne répondant pas à ses élans.

– Je te demande pardon chérie. J'ai été un bien mauvais époux, et tu es malgré tout restée à mes côtés, sans te plaindre, prenant même soin de moi. À vrai dire, j'ai été une bien mauvaise personne.

Il sent des larmes couler sur ses joues. Elle se dégage doucement et se lève. Elle enfile son épais peignoir et descend à la cuisine. Une habitude ancrée de longue date. Impossible de briser les routines qui permettent de tenir dans des expériences de vie douloureuses. Il la laisse faire, comprenant sa pudeur et certainement sa colère, qui doit gronder de tant d'étouffements. Comment a-t-elle pu supporter tout cela ?

Il file sous la douche. Il ne soulage pas frénétiquement l'afflux sanguin de son sexe. Au contraire. Il respire grand. Laissant monter plus haut cette énergie de vie, de cœur, nouvelle, comme sacrée. Quelque chose lui échappe. Une incompréhension massive. Mais tel le chevalier, il s'abandonne aux griffes du mental, et monte d'un cran, au-dessus, dans le cerveau du cœur. L'analyse n'y a pas sa place. Le ressenti occupe tout. Il sourit du dedans, et cela se propage jusqu'au-dehors, à ses lèvres, portail de son âme qu'il a si longtemps négligée.

Des trésors que seul le cœur peut voir... C'est cet étrange chauffeur qui le lui a dit. Il comprend à présent.

Il prend soin de se savonner, sans éponge, pour sentir sous ses mains, le contact avec sa peau. Tout ça, c'est lui. Il se découvre. Une douche en pleine présence, où tous ses sens sont invités. L'odeur du savon, la sensation du toucher, le bruit de l'eau, la vue de la mousse, le goût de sa langue... la conscience du tout ensemble.

Il vit la même acuité en descendant prendre son café. Le poids de ses jambes à chaque pas. Le contact de ses lèvres sur la tasse de fine porcelaine. La première gorgée du liquide chaud le long de sa langue, descendant à une folle allure dans sa gorge, lui emplissant la poitrine d'une sensation incroyablement agréable. En fait, il se sent vivant. C'est tellement simple que ça l'émeut.

Sa femme est vite montée se préparer. Elle doit l'éviter, le fuir... pourquoi pense-t-il toujours de façon négative ? En ouvrant son ordinateur portable pour y lire les infos du jour, il préfère aller naviguer du côté de cette question qui le taraude.

« **Ne pas faire de suppositions.** »

Il en rit à haute voix. C'est la première ligne de réponse du moteur de recherche ! Peut-être devrait-il consulter quelqu'un pour l'aider à gérer cette masse de changements. Il doit avouer que tout cela l'obsède et lui laisse peu d'espace de concentration pour le reste, le quotidien, le travail... Oui, mais vers qui ? Qui va pouvoir entendre les bizarreries qu'il veut partager ?

Les accords toltèques. Mais ce n'est pas cela qu'il cherche présentement. Il souhaite revenir sur cette histoire de sapiosexualité.

Il tombe sur un article du docteur Patrick Papazian dans AlloDocteurs. Intéressant ! Il parle d'un phénomène de mode. Une sorte de fourre-tout aux problèmes de désir. Une excuse peut-être, à la non-recherche de sens de la sexualité. Peut-être est-ce vers lui qu'il devrait aller se tourner. Il a un bon sujet de consultation après tout : une éjaculation précoce.

Précoce, c'est marrant ce terme. On l'utilise aussi pour les enfants en avance sur le développement de pensée de leur âge... Sa curiosité piquée au vif, il clique sur précoce. Il découvre tout un univers étrange : atypique, haut-potentiel, zèbre... qu'est-ce que c'est que ce zoo qui survit en parallèle du monde normal ? Ni une gloire ni un fléau. La différence neuronale, comme ils peuvent aussi l'appeler, est une façon de penser et de vivre qui demande ajustement au reste du monde, et non une adaptation à la clochette du chien de Pavlov. Plus il lit, plus il retrouve le récit de Tracy. Un sentiment d'unicité, vivre à cent à l'heure, de hautes attentes, une solitude existentielle intense, une hypersensibilité aussi...

Et lui, est-il normal, dans le sens de la norme ? Il ne se reconnaît plus ces derniers jours, tout en sentant être présent et authentique comme jamais. Où était-il toutes ces années ? Quand a-t-il commencé à se couper de lui, de ses émotions ? Qu'est-ce que la norme finalement ? Il n'a jamais réfléchi à ce genre de questions. Il est temps. Il va prendre rendez-vous avec le docteur Papazian, et envoie un message à Tracy :

Bonjour ma chère. Je viens de lire des choses intéressantes que j'aimerais beaucoup partager avec toi. Es-tu disponible prochainement ? Bien à toi, Laurent

Il n'explique pas cette relation. Il ne peut pas dire qu'il ne la désire pas. Elle est vraiment très belle. Mais c'est surtout une curiosité d'esprit... et de cœur. Serait-ce une autre forme d'amour ? Est-ce cela l'amitié ? Il lui apparaît comme certain que, elle, c'est un zèbre. Il faut qu'il lui en parle. Elle répond dans la minute. Rendez-vous aux Buttes Chaumont en fin d'après-midi.

Bérénice passe à l'action

L'infirmière n'en revient pas d'entendre le son de la voix de Bérénice. Elle l'informe de la venue du docteur dans quelques minutes, un large sourire aux lèvres.

– Bonjour madame, je suis le docteur Mour. Comment allez-vous ce matin ?

– Je vais bien. Merci d'avoir pris soin de moi. Si cela est possible, je voudrais rentrer chez moi. Mes enfants ont besoin de moi, et je dois organiser mon divorce.

– De notre côté, tous vos bilans et scanners sont bons. Juste une anémie à laquelle il faudra remédier avec quelques compléments et une alimentation saine et régulière. Comment vous êtes-vous fait mal ?

Bérénice détourne le regard.

– Êtes-vous sûre de vouloir rentrer si tôt ?

Il ne veut surtout pas qu'elle retourne dans une situation domestique difficile. Même s'il a dû batailler pour la garder dans son service, il compte bien faire de son mieux pour qu'elle reprenne des forces et gère ce qu'elle doit affronter.

– Ça va aller, merci. Je me sens fatiguée mais prête.

– Voulez-vous que je demande à l'assistance sociale de passer vous voir et de vous aider ?

– Non merci. Je vais me débrouiller, je m'en sens capable. Ces quelques jours m'ont été d'un grand secours. Il n'y a rien d'épouvantable dans ma vie, mais il n'y avait rien d'acceptable. Je compte bien reprendre la main. Merci pour tout ce que vous avez fait pour moi.

– Avec plaisir. Ah ! tiens, la magique Angela ! Je vous laisse entre de bonnes mains. Je fais préparer vos papiers de sortie. Vous pourrez partir en début d'après-midi. N'hésitez pas à revenir en cas de besoin, si nous pouvons vous aider dans quoi que ce soit, nous sommes là.

Il sort rapidement. Il est presque ému. Il n'a pas choisi ce métier par hasard. Il voulait soigner. Mais là, il sent bien que c'est bien au-delà du corps. Et il s'est soigné lui aussi. Du moins le petit en lui. Il espère qu'elle va s'en sortir, quelles que soient les difficultés qu'elle ait vécues jusque-là. Il est heureux d'avoir senti que quelque chose dans ce couple n'allait pas. Il pense à sa mère. Il la venge un peu aujourd'hui.

Le moment avec Angela est bon. Ressourçant. De ces moments intenses de partage de femmes, sans mot, mais où les émotions prennent le relais. Le silence avait depuis le début scellé leur rencontre. Lors du massage balinais qu'elle lui offre, Angela ajoute une visualisation. Elle l'invite à s'imaginer dans un endroit calme, magnifique, à la vue à couper le souffle pour mieux le libérer. Un espace à l'intérieur d'elle, rien qu'à elle. Elle lui propose de déposer son corps et ses pensées sur le sol idyllique, la terre nourricière. D'inspirer la force, la joie, l'amour, jusque dans chacune de ses cellules. Elle est un tout, composée de milliards de cellules, ayant chacune un cœur, un noyau. Une individualité qui forme le tout. Puis elle lui propose de décider que chaque pas qu'elle fera dans la vie soit amorti de fleurs et d'amour. D'avancer avec courage et foi. De toujours sentir battre son cœur, et d'agir en cohérence avec lui. En rangeant son flacon d'huile, elle sort de sa poche un livre. Le dernier, que celui-ci, elle lui offre, comme une trace indélébile de leur rencontre. Elle la remercie de sa confiance. De s'être laissée toucher et d'avoir elle-même été touchée. Un lien court dans le temps, mais profond.

Elle la serre dans ses bras, délicatement, puis sort en refermant la porte. Bérénice se rue sur le livre laissé. *Les quatre accords toltèques* de Don Miguel Ruiz. En ouvrant au hasard, elle lit « Fais toujours de ton mieux ». Elle sourit tout en expirant profondément.

Elle rassemble ses quelques affaires et part rejoindre Jenny. Elles avaient peu échangé hier, mais elle sait au fond de son cœur qu'elles ne se quitteront plus. Sa main dans la sienne avait été l'élément détonateur de libération de tant de retenues, de refoulements, de temps endormi... la cité d'Atlantide.

En chemin, elle pense à sa mère. Elle doit l'appeler. Elle doit lui dire ce qu'elle n'a jamais pu lui dire. Un besoin viscéral de couper un cordon malsain, car bien trop vieux. Elle peut ouvrir ses poumons et respirer grand à présent. Par elle-même et pour elle. Vivre n'est pas dangereux, c'est la peur de vivre qui l'est. Elle n'a plus besoin de garde-fou.

20 heures. Elle ouvre la portière du taxi qui la dépose devant chez elle. Elle se sent prête. Prête à coucher ses enfants après leur avoir lu une longue histoire, et descendre au salon pour faire face à Charles. Il est temps qu'il parte. Elle ne lui en veut de rien. Elle a laissé faire une situation qui n'est plus légitime. Elle entend dans sa tête les mots du chauffeur de taxi, un dénommé Jésus, qui accompagnaient sa descente :

– Vous êtes arrivée à destination, et au-delà. Parfois, quand on perd, on gagne.

C'est juste, cela a du sens pour elle dans l'instant. Elle va prendre ses responsabilités, comme la vieille dame croisée dans le couloir. Elle aussi elle a compris.

Jeanne démarre son envol

Jeanne arrive à l'heure pour le rendez-vous. Il est déjà là. Ses jambes ont du mal à la porter tant le stress est grand. Elle a préparé une introduction. Comme pour donner le ton de leur discussion, canaliser sa peur. Elle est partagée entre faire confiance ou se défendre contre un vampire. Cela la fait presque rire alors que sa respiration diminue de plus en plus qu'elle se rapproche. Il est beau, faut dire. Son élégance n'enlève rien à la finesse de ses traits et la musculature qu'elle devine facilement. Elle arrive à parler sans trop balbutier. Elle peut même constater qu'elle parle avec assurance. Elle est lancée, prête. Elle n'a rien à perdre, seulement un peu de temps, y'a pas mort d'homme.

Mais à aucun moment, elle n'a imaginé ce qu'il est en train de se passer. Il lui parle de lui. Ses blessures, ses protections, son dépouillement tardif mais si rapide de ces derniers jours. Il abandonne la rage, sa compagne de route depuis vingt ans. Elle est touchée par tant d'authenticité. Il se sent en confiance avec elle pour pouvoir déballer tout ça. Elle se détend aussi. Elle ne peut s'empêcher de sourire intérieurement au drôle de tableau qu'ils représentent. Lui ultra classe, elle si *casual.* Et pourtant, la magie du lien opère. Une sorte d'osmose même. Impensable sous le prisme de ses schémas habituels de relations. Elle reste quand même un poil sur ses gardes, elle n'est pas à l'abri qu'il finisse par lui demander d'aller le sucer dans les somptueuses toilettes de l'hôtel. L'hôtel ? A-t-il même réservé une chambre ? Elle sent une vague de colère et de dégoût monter en elle. L'abus de sa confiance naïve d'enfant. Comment aurait-elle pu se méfier du moniteur ?

Les yeux un peu dans le vague, elle prend quelques respirations conscientes, lentes et profondes, pour calmer les histoires passées qui commencent à prendre le pas sur le moment présent. Elle l'a appris dans *Le pouvoir du moment présent,* le bouquin d'Eckhart Tolle.

– Je vous ennuie sûrement avec mes épanchements, veuillez m'excuser, bredouille Nicolas.

– Non pas du tout ! Je suis tellement chamboulée par l'authenticité de votre partage que je suis rattrapée par mes vieux démons : la confiance dans l'homme.

Il la regarde intensément. Avant d'orienter la conversation vers la raison de ce rendez-vous. Il vient de remporter un gros contrat. Il va avoir besoin de renforcer son équipe. Il a été touché de son professionnalisme hier, et avoue ne pas trop savoir pourquoi il lui a fait cette proposition. Il a suivi son instinct.

Elle lui parle de son parcours universitaire, de ses aspirations à ce moment-là, puis de son manque d'ambition quand elle avait obtenu son master. Elle avait choisi la facilité, par manque de confiance en elle finalement. Elle ne sait pas trop ce qu'elle pourrait lui apporter.

Lui le sait. En l'écoutant parler avec passion de ses travaux, ses recherches, ses conclusions, il a compris la valeur ajoutée d'une littéraire dans son équipe. Il sent aussi toute la curiosité dont elle peut faire preuve. Elle ne mettra pas longtemps à se développer sur les autres aspects du job. Elle a un super relationnel, cela sera également très précieux dans les échanges avec les clients.

Ils se quittent en se serrant la main. Elle se dit qu'il a l'air enjoué du drôle d'entretien. Il la laisse réfléchir à sa proposition et revenir vers lui pour en discuter. Il espère qu'elle voudra bien signer leur contrat.

À la fin du service, Jeanne se prépare pour aller à son premier cours de yoga. Une des copines d'Annie en avait parlé. La salle est juste à quelques stations de la brasserie. Au début du cours, la prof distribue des feuilles de papier et un stylo. Puis elle les invite à s'allonger sur leur tapis, à fermer les yeux, en prenant quelques respirations lentes et profondes. Imaginer inspirer de toutes petites bulles de lumière, qui se propagent à l'ensemble du corps à l'expiration. De plus en plus profondément, jusqu'au cœur de chacune des cellules. Laisser des mots, des émotions apparaître dans cette douce lumière intérieure. Puis quand elles sont prêtes, les écrire sur la feuille.

Colère – culpabilité – viol

En écrivant chaque mot sur chacune des feuilles, Jeanne sent la nausée monter. Mais l'invitation du professeur à froisser chaque feuille et à la jeter aussi loin que possible au fond de la salle lui apporte un grand soulagement.

Les postures et respirations adaptées apportent une ouverture de sa cage thoracique. Les larmes coulent, le corps est raide, mais chaque posture est une occasion de sentir qu'elle n'a pas besoin de réussir quoi que ce soit. Simplement d'accueillir son corps tel qu'il est, à lui offrir du temps et de l'espace.

À la fin de la séance, elle est vidée. La copine d'Annie, qui sent qu'elle est chamboulée, lui propose d'aller boire un thé. Jeanne refuse. Elle a besoin de se réfugier chez elle. De se mettre dans son igloo, sa grotte. Elle la serre dans ses bras, la remercie de lui avoir proposé cette expérience incroyable. Elle reviendra la semaine prochaine. Mais pour le moment, elle a besoin d'être seule. Elle s'étonne elle-même de pouvoir si bien sentir et nommer ce dont elle a besoin. Et la copine l'accueille en toute simplicité. Sans jugement ni critique. Elle lui donne même son téléphone.

– Si tu as besoin de parler, n'hésite pas, dit la copine.

En arrivant chez elle, il lui paraît évident qu'elle va aller travailler pour Nicolas. Elle n'explique pas la confiance qui l'anime. Pas en lui, mais en elle.

Il est temps qu'elle vive en grand, sans se rabaisser. Elle lui envoie un message pour lui donner sa réponse. Il répond dans la minute, lui proposant de bruncher dimanche dans le Marais. Elle accepte.

Tracy lève les voiles de l'inconscience

J'allume mon ordinateur pour écrire un mail à une amie que j'ai perdue de vue depuis longtemps. La page d'accueil, où elle partage des poèmes et aphorismes, me salue d'un :

« J'ai dit à l'amour : Je ne mourrai pas avant de te connaître.

L'amour m'a répondu : Celui qui me connaît ne meurt jamais. »

Rumi.

La journée commence bien ! Tout a du sens. Ça me fait penser à ce drôle de taxi à Bordeaux. Je peux jouir du chemin de la vie, oui.

Un moment de méditation me ferait du bien. Je devrais m'y mettre quelques minutes chaque matin. Histoire de me poser en moi, être avec ce qui est. Sans contrôle ni volonté. Un programme qui me semble bien laborieux aujourd'hui ! Mais ma collègue m'a confié il y a quelques semaines qu'elle pratique avec Christophe André, sur YouTube. Je vais regarder ça. Elle dit avoir une attention différente sur elle-même, sur le sens de la vie. Ça m'intrigue. Mais vais-je réussir à faire taire ma tête ? Un flux continu de pensées qui se chevauchent se superposent même. Est-il possible de penser à deux en choses en même temps ? Suis-je folle ?

J'ai la sensation d'être passée à la machine à laver. Mon corps est courbatu comme jamais ! J'essaie de trouver des qualificatifs pour la soirée d'hier, mais je n'y arrive pas. J'ai l'impression d'être au cœur de l'œil du cyclone. Tout tourne à une vitesse folle dans ma tête, mes émotions surtout. Le terme de *sapiosexualité* revient souvent. Je me souviens vaguement que Laurent en avait parlé à un moment, lorsque j'expliquais mes relations intimes. Voyons tout de suite ce que la toile en dit.

Un message de Laurent me proposant de nous voir bientôt me ravit. J'espère qu'il sera disposé à me voir dès ce soir. Ou peut-être est-ce inconvenant de manifester tant d'empressement... Au diable ! je fais comme je le sens avec lui ! Je dirais même que c'est la première fois que je m'autorise à être si authentique. Je n'ai rien à perdre à lui proposer, et lui de me répondre en fonction de ce qu'il souhaite et peut !

Mais le téléphone sonne, le travail m'attrape déjà de bon matin. Peut-être serait-il utile de me réveiller plus tôt et de profiter d'un temps calme de réflexion suffisant avant que la tornade de la journée commence... Et si je faisais en sorte que la journée ne soit pas tornade ? Ça, c'est intéressant ! Je sens déjà un poids sur ma poitrine. L'ennui. Cet ennemi effroyable qui, très jeune, m'a collé aux chaussures. Ce n'est qu'adulte que j'ai pu m'en défaire. Je ne vais pas inviter de nouveau ce monstre impitoyable ! C'est dingue, je suis en train d'écouter mon interlocuteur, lui répondre et je pense à autre chose en même temps.

J'ai eu la conscience de sentir que la journée serait chargée. Deux respirations conscientes par-ci, une attention à mes pieds par-là. Je suis contente de retrouver Laurent aux Buttes Chaumont, malgré le froid piquant mes joues. Marcher, respirer, sentir. J'ai des papillons au creux du ventre de le rejoindre. Est-ce de l'amour ? Pourtant je ne ressens aucun désir pour lui. Les papillons n'accompagnent aucune lubrification vaginale significative de mon excitation. Je crois que j'aime simplement être avec lui. Plus qu'échanger, nous partageons, nous communions. Et pour une fois, ce n'est pas qu'une stimulation cérébrale, mon cœur est aussi invité à la danse. Je ne peux pas dire qu'il soit passionnant, brillant, cultivé. Non, il est authentique, curieux et ouvert à qui je suis, sans jugement. Ce qu'il ne comprend pas, il me demande de préciser, d'expliquer. Ce qui aurait pu avoir le don de m'agacer auparavant me permet à présent de clarifier, de simplifier, d'épurer mes pensées, mes ressentis même.

Et puis il a parlé de haut potentiel et de tout un tas d'autres termes étranges à la mode. Comme tout phénomène de troupeaux de moutons, je n'avais jamais daigné donner attention à ce qui s'en disait. Mais en l'écoutant, avec toute la confiance que je lui porte déjà, cela prend un tout autre sens. Il a passé la journée à surfer sur les théories, les articles, les modèles, et m'en a présenté une synthèse magnifique. Effectivement, je me reconnais dans beaucoup de points. Jusque dans des détails subtils dont je n'avais parfois même pas bien pris conscience.

Je lui ai proposé d'aller à l'exposition éphémère du Luxembourg demain. J'ai envie de vivre cette expérience avec lui. Je sais d'emblée qu'il ne va pas avoir la bêtise de m'assommer de ses connaissances, essayer de trouver des choses brillantes à dire, mais surtout je me sens en confiance pour libérer toutes mes pensées, sans peur d'être jugée de pétasse savante écrasante. Ce dernier point m'envahit soudain d'angoisse. Je prends une feuille et un crayon. En commençant par la gauche, je trace un trait de haut en bas de la feuille en me répétant « j'ai peur d'être perçue comme une pétasse savante écrasante ». Le deuxième trait commence à deux centimètres plus bas et s'arrête deux centimètres avant le premier. Je me répète ma peur. Je trace ainsi des traits de plus en plus petits, jusqu'à ce qu'il devienne un point. Mon angoisse a diminué. Un petit exercice du docteur Vittoz qui m'aide souvent. Ça ne fonctionne pas à tous les coups, mais en cas de besoin, j'enchaîne sur une visualisation de mon angoisse déjà plus petite après l'exercice, et je la mets dans une bulle grise, couleur de la peur. Et cette bulle, je visualise que je la serre sur mon cœur en lui murmurant « oui je t'entends, je suis là, je prends soin de toi, ça va aller, que veux-tu me dire ? » Et je m'apaise ainsi. Je peux aller me coucher sereinement, demain sera une belle journée.

– Chapitre 6 –
Samedi

Laurent tombe les masques

Laurent se prépare à rejoindre Tracy au Luxembourg. Elle voulait voir une expo dont elle lui a parlé hier soir. Il n'a jamais pris le temps de faire ce genre de choses avec sa femme, et il doit reconnaître qu'il se sent nerveux. Il n'aura rien à dire, elle va même voir qu'il est ignorant. Il déteste montrer ses failles. C'est peut-être pour cette raison qu'il ne s'est focalisé que sur le boulot. Au moins, on ne pouvait pas le démasquer, comprendre qu'il ne possédait aucune culture, tant artistique, que littéraire, musicale ou filmographique.

Il est nerveux, il a besoin d'aller aux toilettes soulager cette tension insupportable. Malgré sa demi-molle, il s'emploie à astiquer son bâton de joie, comme il l'appelle. Mais rien. Rien ne vient. Les mâchoires serrées, il persévère. Il est juste fatigué, ces derniers jours ont été très déstabilisants. Son esprit divague. Il se sent soudain ridicule, assis la sur le trône, sa bite molle entre les doigts, essayant de libérer un stress qui n'est pas expulsable comme un étron. Il se trompe, se dupe, s'échappe. Ce n'est pas la question. Jouir n'est pas une décharge, c'est un partage de lui à lui, un acte de plaisir, pas de mal-être. Alors que l'émotion le gagne, il a envie d'éclater de rire. Il est triste d'avoir jusque-là usé de son sexe comme d'une massue, un défouloir, pour exhorter sa colère, sa rage même, ses pressions. C'est étrange, mais il est triste de ce passé et joyeux du présent. Au moins il mesure que ce vieux réflexe n'est plus à son goût. Grandit-il ?

En arrivant devant la grille du jardin, il a presque du mal à marcher tant le stress l'envahit. Elle va le trouver naze. Elle est si fine et perspicace, elle va se rendre compte qu'il n'est pas digne de son temps et encore moins de sa confiance.

– Bonjour Laurent, je suis ravie de te revoir, lui lance-t-elle, accompagnée d'une accolade et d'une bise chaude.

– Bonjour Tracy. J'espère que cela ne fait pas trop longtemps que tu m'attends, il fait froid.

– Tu te sens bien, tu n'as pas l'air dans ton assiette ? remarque-t-elle immédiatement.

Voilà, le pire est en train d'arriver. Il le sait. Et comme un condamné devant la potence, plutôt que de pisser dans son froc, il lui avoue sa honte. Il ne connaît rien à l'art, et du même coup, lui avoue tout le reste pour la littérature, la musique, les films... Il comprendrait qu'elle ne veuille plus le revoir et qu'ils se quittent là, tout de suite.

– Merci de ta confiance, lui répond-elle. C'est vraiment courageux ce que tu viens de faire. Non seulement je suis heureuse de visiter cette expo avec toi, mais alors, tu ne m'en voudras pas de détailler les pièces, remettre leur contexte et la psychologie de l'artiste à chaque période ? Enfin si tu es d'accord ?

Toute sa tension s'envole. Il le sent clairement. Le poids sur l'estomac part. Il récupère la tonicité de ses jambes. Il imagine même qu'il reprend des couleurs ! Bien sûr qu'il est d'accord !

Chaque salle est clairement expliquée par Tracy. Le contexte historique, géopolitique, religieux et même les mœurs. Ainsi, Laurent est comme immergé dans l'époque dite. Les paroles de Tracy le transportent, le téléportent même, dans une autre ère. Les questions qu'elle lui pose sont toujours en lien avec une actualité de notre époque. Il lui est alors plus simple de répondre et exposer son point de vue sur chaque œuvre. Il se sent valorisé, et même, savoure d'avoir des opinions sur des choses auxquelles il n'avait jamais pensé savoir sous cet angle. Elle est passionnante et le rend plus lumineux. Il sent son corps détendu, léger, joyeux. Pour la première fois de sa vie. C'est comme si jusque-là, la seule sensation qu'il ait eue de son corps était dans la douleur. Il n'avait jamais ressenti la détente et la joie.

– Je me sens bleue et jaune à tes côtés, lui dit-elle

– Que veux-tu dire ?

– Pour moi, la détente est de couleur bleue, et la joie est le jaune.

– Je crois que ne je comprends pas bien ce que tu exprimes.

– Chez moi, les émotions sont associées à une couleur, pas toi ?

– Non, je n'ai jamais entendu dire quoi que ce soit en ce sens.

– J'avoue que c'est la première fois que je le dis, rougit-elle, un peu gênée.

Je croyais que tout le monde voyait ça, mais que ça ne se disait pas, par convenance.

Il voit qu'elle en est triste tout à coup. Il lui propose d'aller s'installer dans le salon de thé à côté du musée.

– Commençons par un bon thé et une pâtisserie, tu veux bien ? lui propose-t-il, un peu honteux quand même de ne pas voir de couleur aux émotions comme elle.

– Ça te remontera le moral au cas où définitivement tu me trouves affligeant et fade, ironise-t-il.

Mais il s'en veut en le disant. Il réalise que c'est une protection pour masquer son malaise. On n'apprend pas à marcher en quelques jours. Il va avoir besoin de temps pour se dépouiller de son armure. Il a le temps.

Il lui sourit, du plus profond de son cœur. Et elle lui rend. Le lien est redevenu sécurisant pour les deux. Ils peuvent continuer leur communication. Un échange ouvert, sans jugement, respectueux.

– J'ai peur que tu me trouves pas à la hauteur de tes attentes » lui avoue-t-il. Et que tu me rejettes.

Jenny s'éveille

J'ai imaginé des milliers de fois ce réveil. Éclore au centre d'une pivoine, c'est ce que je visualisais. Revenir à la conscience, dans un cœur velouté, protégé en attendant que tout prenne sa place au fur et à mesure que les pétales pommés se déploient et laissent le passage à la lumière.

– Madame, réveillez-vous. Tout s'est bien passé. Vous avez mal ? Sur une échelle de 1 à 10, où en est la douleur ?

Cette voix m'extirpe violemment du néant. J'ai un goût de métal dans la bouche, mes yeux me semblent impossibles à ouvrir.

J'ai froid.

Madame.

Un mot vient de clôturer quarante ans de ma vie.

Johnny s'en est allé, il a rejoint les souvenirs. Jenny se cache encore sous mes paupières.

Ce plein soleil artificiel n'est pas celui qu'elle mérite pour venir au monde. C'est ce que je dis à l'infirmière qui insiste. Fini les artifices.

Le blanc cru des néons éclaire le crème sale des murs qui tranche avec le blanc froid de mes draps. Je suis aux portes du paradis, et le mien est doré comme le soleil de l'été sur la plage de l'Espiguette. Il est sans fard, plein feu pour tous ceux qui aiment la vie et choisissent de prendre leur place sous leur soleil exactement. Il est alors temps de les laisser filtrer à travers mes cils. Je suis lentement la chaleur de la lumière comme les tournesols en été, maintenant je sens l'intensité de sa présence amplifiée par la vitre, j'ouvre les yeux. Ébloui, je les plisse affichant un grand sourire saluant cette naissance intérieurement :

– Bienvenue Jenny, me dit une voix.

Une auréole se détache dans tout cet éclat. Bérénice.

Est-ce que vous connaissez l'expression « décider en votre âme et conscience » ? Quand votre cœur rencontre avec conviction votre esprit pour décider que cette femme fera partie de votre vie demain et les autres jours.

Enfin, c'est ce que je décide pleinement avec moi-même dans cet instant. Et cet échange de regard que nous avons encore, dans cette quiétude de l'instant, ne le dément pas. L'amour qui naît dans un silence est la première phrase de l'histoire qui commence.

Je lui tends la main. Elle me raconte sa métamorphose. Pendant que je sortais de mon cocon, elle déployait ses ailes. Décidée, elle a mis un terme à son mariage, congédiant son mari et coupé les liens toxiques avec sa mère, préférant ne plus la voir que de subir encore, ses maladresses, seule manière pour elle d'exprimer son amour. Il était temps de reprendre son pouvoir, comme je l'avais, moi, revendiqué en changeant mon genre.

– Tu m'as pris la main à 11 heures 11, hier. Et quand j'ai remarqué cette synchronicité, j'ai compris.

Et j'ai laissé venir dans les larmes, le flot de mes remords et de mes regrets. Je me suis souvenue qu'en numérologie mon chemin de vie est le 11. Oui, je sais cela peut paraître déconcertant. Ramener sa vie et ses potentiels à des nombres, on peut me prendre pour une dingue. Je le suis sûrement mais je l'avais oublié. Comme mon instinct que j'ai renié pour faire plaisir.

Je suis devenue solitaire et introvertie, niant mon charisme sous le joug acéré qui manquait en moi, si connectée à la vie, captant comme un sismographe toutes les petites vibrations positives pour l'aimer plus encore. J'ai oublié d'être curieuse et pour bien le comprendre me voilà à expérimenter la déception. Une crise existentielle à 40 ans c'est classique, finalement.

Qui se cachait derrière un masque de sagesse et de soumission ? Moi. En me réfugiant dans la dépression et l'anxiété qui se sont emparées de mon existence.

– J'ai failli ne pas mener la bataille de ma vie.

– Quelle bataille ?

– Vivre, en me respectant. Est-ce que tu crois que l'on peut, en un instant, descendre de sa vie en marche, ne prendre avec soi que ce qui compte, et changer de quai ? me demande-t-elle.

– Et qu'est-ce qui compte pour toi ?

– Moi et mes enfants.

Les enfants. Cette remarque me ramène quelques années en arrière dans le couloir où je viens de laisser mon père. La maladie dégénérative a petit à petit grignoté son quotidien, au point qu'il n'est plus qu'un corps sans présence réelle. Lui, si combatif, est sur le banc de touche et regarde se dérouler le match, un sourire béat constamment affiché au coin de ses lèvres. Ma jupe courte et mes cheveux remontés en chignon ne le dérangent pas, ou plus. Il s'en fout. Ses repères ont fichu le camp. Ce qui compte à ce moment-là, c'est ma main dans la sienne, que je lâche. Nous le regardons partir au bras d'une infirmière, découvrir son nouvel espace de vie. Mon frère et moi avons convenu que c'était la solution la meilleure, à laquelle nous avons mis du temps à nous ranger. D'ailleurs c'est le mot adéquat.

Ranger une partie de sa vie dans sa mémoire. Ranger son père à côté de la vie, en dehors du monde, et accepter que le faire a été une façon de prendre soin de lui.

Et qui prendra soin de moi ?

– Jenny, est-ce que l'on t'a déjà dit que tu étais belle tout entière ? Dedans comme dehors ? Dans ces mots que tu ne dis pas mais que l'on ressent ? Dans ta manière de considérer les personnes sur lesquelles tu poses ton regard ? Jenny on t'a déjà dit que ta présence te précède et remplit la pièce avant que tu n'y sois physiquement et qu'elle donne le sentiment que tout est possible ? Jenny, tu as imaginé un jour qu'une femme t'aimera au premier regard ? Que cette femme c'est moi et que je m'entends te dire tout cela avec un vrai aplomb, parce que je sais que c'est ma vérité et en même temps j'en suis horrifiée, et aussi si sereine. Tous ces vents contraires en moi. Et tu sais ce qui me vient là ? Une poésie !

Je souris et l'encourage.

– *Que la nuit me voile, je sens vibrer en moi toutes les passions d'un vaisseau qui souffre ; le bon vent, la tempête et ses convulsions...* (vers issus du poème La musique)

– Baudelaire, alors tu sais ce que dit, après la tempête... revient le calme...

Je peux dormir ici ? me demande-t-elle.

L'évidence s'accueille.

La dolce vita.

Bérénice clarifie

En descendant dans la cuisine prendre un thé, Bérénice aperçoit Charles assis, dans la pénombre du soleil levant, dans le salon. Il a dû passer la nuit ici. Il faut dire que leur échange hier soir a dû sacrément le remuer. Il avait l'air d'un oisillon tombé du nid. Il a très vite compris que le cynisme n'était plus de rigueur, devant sa détermination et sa lucidité. Elle a tout prévu, tout est clair pour elle, dans les moindres détails. Elle ne lui en veut pas, elle ne peut juste plus supporter cette vie ensemble une seconde de plus. Elle est tout aussi responsable que lui de cette situation, mais s'il peut continuer comme ça encore longtemps, pour elle c'en est trop. Il attendra le réveil des enfants pour leur faire une bise, prendra ses valises, et partira chez sa mère, d'ailleurs venue aider pendant son hospitalisation. Ils garderont le compte commun, qu'elle utilisera avec raison, pour subvenir aux besoins des enfants. Elle gardera la maison, qu'il lui cédera à son nom unique. Il pourra prendre les enfants un week-end sur deux et la moitié des vacances scolaires. Si sa mère le souhaite, il peut aussi les prendre un mercredi sur deux, à partir du mardi soir, pour passer une soirée avec eux. Mais bien sûr son travail reste une priorité, c'est juste une possibilité.

Il l'avait écoutée. Sans trop répondre. Il acquiesçait parfois, sonner comme un boxeur au coin. En la voyant descendre, il monte préparer ses affaires. Les enfants vont bientôt se lever. Il passe taper à la porte de la chambre d'amis, où sa mère l'attend fébrile depuis la veille. Il lui avait été demandé de les laisser seuls, au salon, pour discuter. Elle avait bien sûr tout entendu.

– Prépare-toi, nous allons bientôt rentrer, lui dit-il.

Elle voit à sa mine qu'il n'est pas ouvert au dialogue. Elle aura bien le temps de lui dire le fond de sa pensée, très vite. Elle n'en veut pas à Bérénice. Elle comprend même. Cela fait bien longtemps qu'elle assiste au triste spectacle de leur union. Mais que dire ? On lui a appris à ne pas se mêler des affaires des autres. Et elle connaît fort bien le caractère impulsif de son fils, elle n'aurait jamais risqué, jusque-là, de lui faire la moindre remarque. Cependant aujourd'hui, elle sent que cela doit changer. Pour elle, pour son fils, sa belle-fille, et ses petits-enfants. À trop se taire, on se fait écraser.

Une fois la porte d'entrée fermée à clé, Bérénice prend une grande inspiration, et pense à porter son attention dans ses pieds. Une petite astuce qu'elle avait lue pour revenir au moment présent. Elle est soulagée, mais aussi très angoissée. Chaque changement, même bénéfique, demande de faire le deuil de ce qui était. C'est comme si tout s'ouvre devant elle, un champ enivrant de possibles, presque effrayant.

Sa mère va passer en début d'après-midi. Bérénice ira voir Jenny, qui n'était pas très en forme hier. Il faut dire qu'elle a subi une lourde opération. Elle ne veut pas émettre de jugement sur cette relation naissante. Elle ne souhaite qu'accueillir la joie et la sérénité d'être ensemble. Elle pense que le futur n'est envisageable qu'en étant deux à le bâtir à chaque instant. Elle ne souhaite ni s'effacer comme elle l'a fait ni diriger comme Charles. Elle aspire à une cocréation à présent. Avec cet être magnifique et au-delà de toute classification. Simplement un être humain sensible, ouvert, aimant. Au diable les ragots. Advienne ce qu'elles vaudront toutes les deux. Et si elle était la seule à ressentir cette attirance ?

Peu de temps après le repas, sa mère sonne à la porte. À sa mine révoltée, Bérénice comprend qu'elle va devoir s'imposer fortement pour qu'elle entende ce qu'elle a à lui dire. Et il n'y a plus de retour possible.

En installant les enfants devant un film, elle emmène ensuite sa mère dans la cuisine, pour une tasse de thé et des biscuits de supermarché. Bien sûr, celle-ci lui fait une remarque à ce sujet. Une bonne mère se doit de cuisiner pour sa famille. Une aubaine pour qu'elle déroule son monologue salvateur :

– Mère, je divorce de Charles. Il va vivre chez sa mère. Je garde la maison et les enfants. Il les verra un week-end sur deux. Je vais prendre le temps de réfléchir dans quelle école je souhaite m'inscrire pour me former. J'aurais sûrement besoin que vous preniez soin des enfants parfois. Mais pas pour le reste.

Elle fait une pause, boit une gorgée de thé, et reprend.

– Je ne vous ferai pas l'affront de parler de votre rôle de mère à mon égard. Ce qui est passé est passé. Sachez simplement que je me suis écrasée devant vous, devant père, puis devant Charles et enfin mes enfants. Ce temps est révolu. Je ne permettrai aucune remarque, critique ou opinion de votre part. Ni maintenant, ni jamais. Si cela se produisait, je vous ferais sortir ni plus ni moins de ma vie et de celle de mes enfants. Si j'ai besoin de vos conseils, je vous les demanderai, et vous me direz ce que vous voulez à ce sujet, pas autre chose. Je vous laisse y réfléchir, et vous me direz si vous acceptez mon cadre de relations cordiales. Si non, nous en resterons là et je vous souhaiterais une belle vie. Je dois m'absenter quelques heures, merci de veiller sur mes enfants pendant ce temps. À plus tard.

Elle finit sa tasse, la met dans l'évier, et monte se changer. Elle imagine l'agitation de sa mère. Elle virait déjà du rouge au violet. Il fallait que ça sorte, tout d'un bloc. Mais elle ne trouve pas juste de couper tout lien. Celui qu'elle propose lui semble approprié. Des relations cordiales, et une présence de grand-mère auprès de ces petits-enfants. Remettre du cadre, c'est peut-être rude mais c'est sécurisant. En se dirigeant vers la porte d'entrée, la vieille femme est toujours dans la même position, au même endroit. Elle claque la porte et se précipite vers l'arrêt de bus. Il serait bon qu'elle apprenne enfin à conduire. Elle va regarder cela lundi prochain.

Elle sent une pointe de stress monter du bas de son ventre. Si son cœur, ou son instinct, comment savoir, lui assure de l'amour pour Jenny, comment pouvoir être en lien physique avec un homme dans un corps de femme ? Elle se sent un peu bête de se le demander, mais elle a décidé de s'écouter, sans petit juge intérieur limitant et réprimant. Elle avait regardé des vidéos sur la méthode américaine, dans le livre *Le dialogue intérieur* (de Hal et Sidra Stone). Elle se souvient à cet instant qu'il était bon d'écouter nos « voix intérieures », pour sortir de nos conflits internes qui nous plongent dans la répétition, la culpabilité et la douleur. Alors elle écoute cette voix qui lui dit qu'il n'est pas possible de faire l'amour avec un homme dans un corps de femme, qui n'en est quand même pas tout à fait un. Et en plus, cela ferait-il d'elle une lesbienne, tout à coup ?

Écouter pour faire le tri, savoir d'où part la voix, et opérer en mode de polarité : gentil-méchant, tyran-victime, obéissant-rebelle, etc. C'est cela le dialogue intérieur. Laisser de la place aux pensées mais pas toute la place. Je suis le capitaine de ma vie, pas mes croyances.

Elle se sent vierge en fait. Elle n'a jamais désiré faire l'amour avec Charles ni ressenti de plaisir. C'était ce qu'une épouse devait faire pour consommer son mariage. Simple. Mais grand Dieu tellement réducteur ! Elle a lu il y a longtemps, une saga sur des gens ayant une sexualité différente et des attitudes ambivalentes. Se souvient-elle du livre *Les chroniques de San Francisco* (d'Armistead Maupin, également en séries télévisées) ? Mais oui c'est ça ! Jenny est une Anna Madrigal ! Elle se sent immédiatement soulagée. Même inconnue, la relation qui est en train de se tisser entre elles deux n'a rien d'impossible ni d'extraordinaire. C'est simplement de l'amour, qui demandera créativité et ajustement. Mais comme tout couple finalement ! Voilà, la voix jugeante partait de la peur de l'inconnu, et même de la peur de ne pas être à la hauteur. Elle avait toujours agi en fonction de ce qu'on lui avait appris. Comme un robot. Sans analyse ni adaptation. Juste réagir aux stimuli extérieurs. Mais elle est malgré tout, tout à fait capable de penser par elle-même, d'analyser et de choisir.

En se levant du fauteuil pour descendre, elle ressent presque comme un dépouillement. Elle laisse sur ce siège une vieille peau, une carapace. Elle a mué. Grandie, elle peut à présent prendre plus de place dans le monde, créer sa réalité. Et le soutien de Jenny ne sera sûrement pas de trop. Non comme une béquille, mais comme si elles montaient ensemble sur le tandem de la vie, chacune ayant sa part à pédaler, dans la solidarité. Ensemble on va plus loin paraît-il, mais il est indispensable de vouloir aller dans la même direction.

– Bonjour Jenny, lui dit-elle, émue aux larmes, sans prendre garde à la présence de l'infirmière dans ce moment de reconnaissance d'une intimité à hurler.

Nicolas expérimente le masculin pacifique

La soirée chez Benjy était sympa, malgré qu'il ait constaté à quel point il ne l'avait pas vécu comme d'habitude. Même Benjy lui avait demandé s'il n'était pas malade. Comment pouvait-il refuser de baiser avec lui les jumelles du Brésil ? En fait, ce n'est plus ça qu'il souhaite. Et le sentir lui apporte un étrange soulagement. Même lorsque cette jolie rousse lui a murmuré qu'elle avait un piercing sur le clito qu'elle serait ravie de lui montrer, il a refusé, poliment, pour aller discuter avec un groupe dans la cuisine qui parlait d'actions sociales. Ils ont refait un monde jusqu'à deux heures, tandis que le chaos autour se déchaînait. Drogues, alcool, baise. Mais pas pour tous. Comme quoi, c'était possible de passer une bonne soirée en faisant autre chose. Il n'en veut pas à Benjy, mais il est évident qu'il va avoir besoin de vivre aussi d'autres genres de soirées. Il n'est plus cet ado blessé qui blesse et se détruit. Il se sent d'ailleurs bien ce matin. Pas de gueule de bois, pas de trou de mémoire.

En ouvrant son ordinateur portable, il tombe sur une pub pour un atelier ennéagramme qui démarre dans deux heures. Drôle de coïncidence ! Il s'inscrit sans trop réfléchir et file se préparer. Il ne le sait pas encore, mais Carl Gustav Jung a passé sa vie à travailler sur ces drôles de synchronicités. Quand la vie te met face à ce genre de coïncidence, faut aller voir quand même ce qui se trame. Il a une folle envie de proposer à Jeanne de l'accompagner. Mais ce n'est pas à propos du tout. Déjà, il la voit demain, et pas pour le boulot. Il veut prendre le temps de la découvrir, mais surtout de sentir un sentiment d'intérêt qui ressemble à de l'amour en douceur. Son cœur engourdi demande un peu de temps. Il veut pouvoir sentir et se rendre compte de ce qui se construit.

Elle a pourtant répondu tout de suite oui ! Ressent-elle aussi cet attrait ? Mais surtout, le ressent-elle partant du même endroit ? Du respect, du tact, de la peur de se partager, d'être rejeté, humilié, blessé encore. S'en remettrait-il cette fois, sachant qu'il ne peut plus utiliser les mêmes protections qu'avant ?

En arrivant sur le lieu de stage, il se rend compte que ce n'est pas une conférence mais un atelier, qui dure toute la journée. Il est prêt à repartir comme il est venu, mais le formateur l'accueille à bras ouverts.

– Bienvenue, asseyez-vous là-bas, je vous donne les documents tout de suite. Je suis Marc, et vous ?

– Nicolas. Je ne sais pas...

Il n'arrive pas à terminer sa phrase, d'autres personnes arrivent à la suite et l'hôte le pousse vers une chaise. Il va s'asseoir. Maintenant qu'il est là, il va avoir le courage de rester. Le courage ? C'est marrant. Pourquoi pense-t-il à ce jeu comme d'un truc compliqué qui va lui demander d'être fort ? Rapidement, il mesure que ça n'a rien d'un Trivial Poursuit géant. Le modèle exposé est très clair, précis, ancien même. Ils alternent entre explications et questionnements personnels pour affiner le cercle de personnalité. Même s'il n'est pas du tout habitué à la psycho ou aux autres trucs de développement personnel, il comprend très vite la portée du système. Bordel c'est puissant ! Quelle compréhension des autres à travers ce prisme, il voit son pote Benjy, il voit même le potentiel de Jeanne, qui occupe quand même beaucoup ses pensées même s'il ne la connaît pas si bien.

Mais ce n'est qu'en fin de journée, exténué par la densité des infos, qu'il arrive à trouver sa personnalité. Il est un huit. Ce n'est peut-être rien pour vous, mais pour lui c'est beaucoup. Son instinct est vers l'extérieur. Il est fort et juste. Il veut avoir un impact, du contrôle et du pouvoir sur le monde parce qu'il évite la faiblesse. Il ne respecte que ceux qui sont forts et cherche à remplacer les autres. Il arrive toujours à ses fins, quels que soient les obstacles.

Il comprend alors qu'il ressent un vide intérieur qu'il comble par la connaissance et la précision sur le monde. Il comprend pourquoi il a voulu tout comprendre du plaisir féminin et de leurs attentes. Il voit très clairement les points sur lesquels il va pouvoir grandir. Percevoir les émotions des autres, mais pour les aider, cette fois. Il voit pourquoi il a proposé du boulot à Jeanne sans la connaître. Cette semaine a tellement été déstabilisante, qu'il s'est rapproché de son essence, sans défense habituelle.

Lorsque le huit va bien, il admet sa vulnérabilité et met sa force au service de vraies causes et accepte les autres. Voilà, il en est là. Exactement. Aider les autres, puisqu'il les avait écrasés et utilisés jusque-là. Être patient, bon et généreux. Un bon cocktail peut-être.

Quand il voit que dans une relation, le huit a besoin d'une longue phase de test pour savoir s'il peut lui faire confiance, il a autant envie d'exploser de rire qu'en sanglots. Il lui semble avoir un modèle qui va lui permettre de mieux se connaître, pour mieux agir. Bien sûr qu'il n'a pas été très heureux, même s'il voulait croire le contraire. Il se l'avoue.

Il rentre épuisé mais ravi. Curieux d'un outil simple et puissant. Et pas si simple que ça quand même. Il sait qu'il a juste survolé le truc en huit heures. Mais il continuera le deuxième stage. Maintenant qu'il y voit du sens. Il aimerait appeler Benjy pour lui en parler, mais il sait que ce n'est pas le genre à kiffer ce genre de truc. Il va rester seul ce soir, un samedi soir sur la terre, un inédit dans sa vie. Il n'est pas triste, quoiqu'un peu quand même. Mais il ne voit personne avec qui il pourrait décanter sa journée. Ce serait chouette qu'il élargisse son cercle d'amis.

Il pense à Jeanne, il est content de la voir demain.

Marguerite et le chant du cygne

Hier soir les faux semblants n'avaient plus leur place et lorsque je dis cela, je parle d'abord pour moi. Paulo est entré, et par un curieux hasard, une de ces choses qui ne s'explique pas, un moment de grâce s'est installé entre nous. Peu de mots, mais des nœuds qui se délient, ceux d'une vie qui s'est égrenée. Des confidences sans retenue. Ce serait déplacé d'en conserver les traces. Il plane comme une urgence dans l'air.

Paul me tenait la main, silencieux, patient, m'encourageant par ses regards si pleins de présence. Dans la douceur, il y a toujours et encore de la tolérance. Peut-être que si je l'avais compris plus tôt, ma vie aurait été empreinte de plus de lenteur.

L'amant. Cette Marguerite qui découvre la sexualité, le plaisir, le pouvoir qu'elle peut exercer sur les hommes, et ce qu'il peut lui rapporter. C'était moi.

J'ai lu et j'ai appris dans le désordre, et ce que je viens de comprendre, c'est que si tout est permis, alors tout se vaut.

Et c'est faux.

J'avais une vérité. La mienne, que j'ai imposée à mon mari, à mes enfants et à moi, suffisamment pour me berner pendant toutes ses années. Mais c'est une vérité qui disait toujours des mensonges pour endormir mes peurs avant tout. J'ai oublié de vivre les douleurs en voulant tout contrôler. Je crois que ces mensonges répétés sont une forme de courtoisie envers moi-même, un arrangement pour tenir la réalité bien loin de son quotidien.

Comme la sexualité. Une fuite, pour chercher dans la séduction, le plaisir immédiat une satisfaction de protection.

Donner son corps pour échapper à son âme. Au lieu de la regarder bien en face, comme je le fais à l'ombre protectrice de Paul qui me regarde avec une si belle lumière dans le regard. Je suis nue devant lui, mais habillée de cette ridicule chemise. Qu'y a-t-il de séduisant en moi pour qu'il m'offre cette si belle attention ? Je n'ai pas mis une goutte de Shalimar au creux de mon poignet, comme je l'ai fait chaque jour, sans innocence, pour échapper à ma prison. Espérant éveiller le désir des hommes croisés, paupières baissées, leur laissant une ombre de regret éternel, comme le chantait Brassens.

Du fond de ma mémoire, les yeux fermés, je fredonne l'air qui me revient, et à mon grand étonnement, Paul sourit :

... Alors, aux soirs de lassitude
Tout en peuplant sa solitude
Des fantômes du souvenir
On pleure les lèvres absentes
De toutes ces belles passantes
Que l'on n'a pas su retenir...

Je m'apaise, et j'ai une bouffée d'amour pour moi. Je suis devant la porte, celle de la mort. Pour une fois je regarde les choses comme elles sont. Trouverai-je le Styx ? Ce fleuve impétueux, dont le cours est formé par les abondantes larmes versées par les âmes mauvaises en repentir. Je n'ai pas été mauvaise, tout au plus maladroite, avec moi et les autres.

Je sens la chaleur de la main de Paul dans la mienne. Sa respiration est calme, la mienne est plus haletante. Je sais qu'il cherche à me libérer de moi-même. Il me dit :

– Te rappelles-tu lors la dernière fête des Pères, mes enfants m'avaient convié au restaurant. Pour ne pas les déranger, j'ai préféré commander un taxi.

Figure-toi que je suis tombé sur un drôle de type. Déjà le prénom, Jésus. Je me demande comment on peut affubler son enfant d'un tel fardeau dès la naissance. Bref, de fil en aiguille nous avons parlé de la différence entre remords et regrets. Tu la connais bien et je crois que tu préfères les remords.

Il m'a dit une chose assez amusante qui m'a habitée quelque temps.

– Et si les regrets que nous avions en nous étaient en partie ceux de nos parents voire de nos ancêtres plus lointains ? De sorte que si nous, nous ne nous en libérions pas assez tôt, ils pèseraient sur nos choix, oubliant par là même, notre propre vie.

Silence. Paul reprend :

– Il m'a fait part d'une prière qui est transmise au hasard de la vie, personne ne sait plus qui l'a inventée mais elle apparaît, quand il est temps, par l'entremise d'un messager, qui sent que c'est le moment de la transmettre. Je l'ai noté, et si tu veux bien, de là où tu es, je sais que tu m'entends, répète après moi dans ton silence. Les mots trouveront les maux...

Il n'y a pas de hasard, et il est toujours temps de laisser partir.

Je libère mon partenaire de l'obligation de compléter.

Je libère mes parents du sentiment qu'ils ont échoué avec moi.

Je libère mes enfants du besoin de m'apporter de la fierté, qu'ils puissent écrire leurs propres chemins selon leur cœur, qui leur murmure tout le temps à l'oreille.

Je ne manque de rien, j'apprends avec tous les êtres tout le temps.

Je remercie mes grands-parents et mes ancêtres qui se sont réunis pour respirer la vie aujourd'hui.

Je les libère des échecs passés et des désirs non accomplis, sachant qu'ils ont fait du mieux qu'ils pouvaient pour résoudre leur situation avec leur niveau de conscience.

Je dépouille mon âme devant leurs yeux, c'est pourquoi ils savent que je ne cache ni ne dois rien, plus que d'être fidèle à moi-même en marchant avec la sagesse du cœur, je sais que j'accomplis mon projet de vie, libre de loyautés familiales qui peuvent perturber ma paix et mon bonheur, qui sont de ma responsabilité.

Je renonce au rôle de sauveur, d'être celui qui unit ou répond aux attentes des autres.

Je chéris mon essence, ma façon d'exprimer, même si on peut ne pas me comprendre.

Je t'honore, je t'aime et te reconnais innocent.

J'honore la Divinité en moi et en toi...

Nous sommes libres.

Je sens une grande paix m'envahir, une légère brise me balayer de l'intérieur. J'entends Paul remuer près de moi. Il me lâche la main. Lui aussi ces mots qui se sont enchaînés l'ont libéré. La porte se ferme, le silence se fait tout autour de moi. Je bouge un peu les jambes, je m'envolerais bien, maintenant. Quelque chose glisse au sol. Je ferme les yeux. Pourquoi suis-je encore là ?

Tracy dans toute sa splendeur

À peine arrivée aux portes du jardin, j'aperçois au loin la silhouette de Laurent. Il est ponctuel. Fantastique. J'avoue avoir horreur des retardataires. Je le prends toujours contre moi. Une sorte d'irrespect de mon temps, moins précieux que celui de l'autre. J'ai alors beaucoup de mal à me détendre par la suite. Je le trouve étrange. Même sa démarche n'est pas naturelle. Je le serre dans mes bras en l'embrassant, comme si je le connaissais depuis toujours. Son corps est raide. J'ose tout de même lui demander comment il se sent, tellement sa crispation me perturbe.

Sa réponse me bouleverse. Il a le courage de m'avouer sa peur de passer pour un ignare, m'expliquant qu'il n'avait jamais pris le temps de se cultiver. Le seul espace jamais investi pour lui est son travail, dans lequel il maîtrise parfaitement le sujet. En dehors de cela, rien, le néant. Ses parents n'ayant jamais vécu avec eux de moments culturels, il est resté sur la touche quant aux beautés artistiques.

Je lui propose de lui expliquer brièvement le contexte de chaque artiste, pour qu'il puisse se faire plus facilement une idée. Il accepte volontiers, avec même une joie puérile, de celle d'un enfant qui nourrit les canards. Je suis aux anges ! Non pas parce qu'il n'y connaît rien, mais parce que ce moment prend un sens tout à fait inhabituel dans ma vie, et laisse place à une simplicité authentique et émouvante.

Je lui prends le bras, et nous traversons les salles avec délices, entre rires et effarement, en fonction des tableaux. Il a beau dire qu'il n'y connaît rien, il a tout de même un avis très établi sur ce qu'il voit. Son regard comparatif avec la société actuelle me fascine.

Dans un élan spontané, je lui dis même les couleurs de ce que je ressens. Je ne sais pas ce qui m'a pris. Je ne fais jamais ça. J'ai bien compris depuis l'enfance que l'habileté sociale demandait de garder cela pour soi. Mais devant autant d'espace d'ouverture pour être pleinement moi, cela m'a échappé. J'ai été estomaquée d'entendre que lui ne ressentait pas de couleurs. J'en ai même été profondément triste. Je me suis pris de nouveau en plein visage ma différence. Celle qu'enfant, j'ai très vite masqué, tellement la sensation d'être à part m'écorchait vive. Je crois que j'avais un peu refoulé ce sentiment déchirant, et il me rattrape amèrement. Ce n'est pas tant cette histoire de couleurs, cela je m'en moque, mais c'est surtout cet état permanent de devoir me limiter, me diminuer, m'adapter, pour ne pas passer pour un extra-terrestre, ou pire, une folle. Tout faire pour ne pas sentir que je suis inadaptée. Et rien que cette pensée est affreuse, puisque la vie des « adaptés » n'a que très peu de logique et de sens, si tant est que la vie en ait. Ma vie est une lutte perpétuelle pour rentrer dans un moule étroit et inesthétique dont le levain est constitué de relations superficielles.

Laurent le voit très vite, et me propose d'aller prendre le thé chez Angelina. Je suis mal à l'aise. J'avoue, j'ai envie de rentrer, tant la pression commence à monter de mes profondeurs. Puis le regard de Laurent se pose sur moi. Un regard d'un accueil infini. Il me sourit, et tout s'évapore. Je retrouve la connexion à l'autre. La sécurité. Et ce qu'il me dit m'ancre de nouveau profondément. Il craint que je le rejette parce qu'il n'est pas à mon niveau. Tout a du sens. La question du lien ne repose pas sur le niveau intellectuel, mais bien sur la vibration du cœur. Être en lien, c'est être lié par cette capacité d'authenticité, de curiosité et ce courage à se dire, dans sa plus grande vulnérabilité. Être en lien, c'est être sincère avec soi-même, et savoir le partager à l'autre. Dieu que c'est beau. Heureux sont les simples...

Il avait raison cet étrange chauffeur de taxi à Bordeaux, il faut du sens pour cheminer dans la vie. Je n'avais pas réalisé que les similitudes ne créaient pas le lien. Je peux être moi, même si les autres sont différents.

Jeanne choisit

Jeanne traîne en se levant. Un sentiment étrange d'évaporation. Il est déjà midi quand le téléphone sonne. C'est Annie. Elle lui propose de la rejoindre pour une conférence-ateliers sur le féminisme. Les amis présents lundi soir seront là également. Ils seraient ravis qu'elle vienne. Ils l'ont toujours beaucoup appréciée. Ils l'accueillent effectivement avec beaucoup d'engouement à son arrivée devant le hall de la Villette. Un bonjour peu commun, large sourire et étreinte longue et appuyée. Elle se laisse aller à ce rituel de salutation qu'elle reçoit comme authentique et reconnaissant.

Les conférencières et conférenciers se succèdent. Mais tous parlent d'une même voix. Pas de distinction de genre. Un humain est un humain. Sa sexualité n'a rien à faire dans sa rémunération, son statut, ses possibilités. La salle explose de rire lorsqu'une femme afro-américaine handicapée annonce qu'elle ne pouvait pas avoir pire karma au vu de la société. Mais que ce qu'elle est et fait, ne se résume pas à son genre, sa couleur ni à son handicap. C'est comme pour la répartition des tâches domestiques, les neurosciences ont prouvé qu'il n'existe pas de partie suppléante au cerveau féminin qui les assigne à la vaisselle ou à la lessive mieux qu'un homme.

Jeanne est presque émue de voir que dans la salle, les hommes présents n'ont rien des stéréotypes qu'elle pouvait imaginer. Ni féminin, ni en pull de chanvre sentant la biquette qu'ils élèvent dans le Cantal. Non, ils sont comme elle, comme les autres dehors. Ayant simplement une conscience de l'équité, du respect. Elle pense même qu'il y a un paquet de femmes qui peuvent être bien pires que certains hommes. Comme quoi, il n'y a vraiment pas de palmes à décerner à la muflerie de l'homme exclusivement. L'égalité repose sur un choix conscient du respect de soi et de l'autre, homme comme femme et autre. En regardant les centaines de personnes présentes, elle se demande bien pourquoi la sexualité de chacun est autant porteuse de jugements et d'exclusions. Elle se fiche complètement de savoir ce que ses voisins de siège font de leur cul. Il ne lui vient même pas à l'esprit que leurs pratiques pourraient devenir un facteur de rejet. Tant que chacun est heureux et ne fait de mal à personne. Et c'est ça l'histoire. Ne pas faire de mal à l'autre. Un adulte n'a rien à faire avec un enfant. C'est un crime. Un viol. Il en est de même pour les adultes. Elle mesure l'importance du consentement. Personne n'en parlait encore. Ni chez elle, ni à l'école, ni les copines. Comment devient-on un adulte épanoui et sain dans ce monde où les modes de conduites nous assomment, sans nous parler même de libre arbitre, de consentement, de pensée critique ? Des normes qui excluent plus qu'elles n'acceptent. Qui rejettent et jugent, sans permettre pour autant de le faire avant tout pour soi. Il serait bon qu'elle revienne à des concepts de base de philosophie peut-être.

Puis démarre un atelier « reconnexion au Tout ». Assis sur son fauteuil, l'animateur propose de laisser les yeux se fermer. De sentir tous les points de contact du corps avec la chaise, du dos jusqu'à l'arrière des cuisses, puis les pieds au sol. Laisser monter l'air dans les poumons, lentement, avec amour et gratitude pour cet air toujours disponible, sans aucun effort de notre part. La magie du corps, cette horlogerie fine qui nous maintient en vie sans notre aide. Manger sain, faire du sport, méditer, rire, respecter la terre et le vivant, autour de nous et en nous. C'est bête, mais cela la bouleverse. Ils sont tous connectés. Même sans conscience. Ses actes impactent la vie de l'autre, des autres, du vivant sur cette terre. Elle est un domino dans le processus de la vie. C'est à elle de s'aligner, avec elle, et les autres, pour faire sa part. S'engager pour les autres, c'est prendre soin d'elle aussi.

En sortant de l'atelier, il y a de nombreuses associations qui présentent leurs actions. L'écologie, les animaux, les vêtements... en s'avançant vers une association de femmes contre le cancer, il lui paraît évident de s'inscrire. Elle propose même d'animer des ateliers d'écriture. Se raconter pour faire face à la peur de la mort. Les douleurs. Les changements. Être ensemble et partager, quelle que soit l'expérience vécue. Elle se sent merveilleusement bien.

Annie retrouve des amis au stand de l'association de protection des mers et océans. Jeanne ne savait même pas qu'elle y était engagée depuis presque quatre ans. Elle la serre dans ses bras, dans un élan soudain de reconnaissance :

– Merci, Annie d'être mon amie. Merci de ta confiance et de ta constance à mes côtés. Je me sens moi-même avec toi, et je trouve que tu es une personne fantastique.

Elle est émue aux larmes en lui formulant tout ça. Mais aussi comme déchargée d'un poids, porté sans conscience, mais qui a coloré tellement de ses actes.

– Chapitre 7 –
Dimanche

Marguerite en rite de passage

Il y a cette petite voix douce, posée pas si loin de moi, elle égrène des mots qui me racontent une histoire que je crois reconnaître. Je crois que je remonte le temps.

Je suis enfant, entourée de mes trois sœurs. Mon père à la haute stature me fascine. Il roule les R et lorsqu'il hausse le ton, on dirait des tambours qui se rapprochent. Alors je me réfugie sous la table du salon. Les femmes ont des bottines à boutons et des jupes soyeuses aux genoux. L'image de ma mère apparaît, ses cheveux de jais, relevés en chignon. Elle et lui forment un couple parfait, une romance qui se partage entre force et douceur. Maman est là. Elle me frôle la joue, moi, sa petite marguerite. Je sens son parfum à la rose, le poids de son manteau d'astrakan pèse sur ma poitrine, comme autrefois lorsqu'elle sortait et venait poser un baiser sur mon front. Elle vient m'embrasser avant que le sommeil m'emporte.

Je n'ai pas vu le temps passer ni compris que le temps était un allié. Sur notre chemin, nous avons le loisir de faire une pause. À chaque instant, pour simplement regarder de l'endroit où nous sommes. Nous pouvons aussi quitter le chemin, nous élever, avec un pas de côté, pour le considérer tout entier.

La voix m'entraîne.

J'ai 15 ans, je suis au pensionnat. La France est coupée en deux. Je suis seule et pas du bon côté de la liberté. Mes parents m'attendent dans la zone sud. Sur les routes je me mélange au flot des réfugiés. Ils sont épuisés et moi si confiante avec cette sensation de tenir en main les rênes de ma vie. Libre comme je ne le serai jamais plus. Tout me semble simple, puisque je suis seule à décider de tout. Je me laisse guider par ma petite voix. De nuits sans sommeil, couchée dans une charrette, aux jours, face au vent, à l'arrière d'une camionnette. Tout est sublimé par cette joie intérieure qui me fait aimer la vie et ses interdits. Comme le goût de la première cigarette. Et puis, au bout de la route, le visage de mes parents, soulagés qui me serrent si fort, que je crois étouffer.

Me voici de nouveau en chemin, la voix me guide. Je regarde les années parcourues et je dis déjà au revoir à l'enfance. J'ai reçu tellement d'amour, tant de baisers que je suis gonflée de confiance et sûrement de naïveté aussi.

J'ai 22 ans. Je suis assistante du préfet, j'ai trouvé une place tout de suite après l'obtention de mon diplôme. Quelle chance ! La vie est douce. Je joue au tennis avec un grand jeune homme. Ce qui m'impressionne le plus c'est son air décidé, ses convictions et son engagement politique. Il m'invite au restaurant, avec l'autorisation de mon père, bien sûr. La vie est légère et elle vient de débuter. C'est le temps des cerises et de l'insouciance aussi. Mais les convenances me rattrapent, me voilà mariée au bout de huit mois à fréquenter innocemment ce joueur de tennis maladroit. Un soir de juin, sans que j'aie donné mon avis, il est venu demander ma main. Ses gants blancs, ses belles manières, tout était dans l'ordre des choses établies. Ma mère était si émue. Et moi ? J'ai juste acquiescé. Avais-je le choix ? Sûrement mais pour quelle autre issue ? J'aurais pu attendre, encore un peu mais je n'ai pas cet esprit de révolte. Il viendra plus tard. Autrement.

Nous pouvons courir sur le chemin, pour fuir le temps qui passe si vite, croit-on, ou ralentir voire s'arrêter et demander illusoirement, au temps de suspendre son vol...

La voix poursuit avec un ton plus grave.

J'ai 30 ans et une fille. Je viens juste de découvrir le plaisir dans d'autres bras que celui de mon Gaston. Je m'en veux tellement, j'ai rompu tous les serments. De mon éducation, de loyauté et j'ai trahi mon engagement devant Dieu. Mais je ne peux résister à cet homme qui me dévore des yeux. Qui me frôle lors des dîners entre couples d'amis. Pour lui j'ai changé mes combinaisons en coton contre de la soie. Je les cache au fond de ma commode en bois de rose. Dior est mon couturier préféré. Une nuit entière avec lui contre une vie entière de sacrifices. C'est ce que je souhaite plus que tout.

« Bénis ce cul qui soulage le mien », me dit sa femme à l'heure du thé. Ce cul, c'est le mien. Alors, c'est presque un acte de bonté, un vœu exaucé. Ah oui, je suis enceinte.

Maintenant je marche à reculons, je regarde s'éloigner mon passé et mes remords. Nous l'avons tous fait lorsque nous étions enfants, je ne vois que le chemin parcouru.

J'ai plus de 90 ans, le regard de mon fils me transperce. Je viens de lui avouer la vérité. Mon adoré, ma joie, mon tant aimé, sais-tu à quel point tu m'as fait aimer la vie ? Ce n'est pas de devenir ta mère mon fils qui m'a fait femme, mais bien ta conception clandestine. Ouverture d'une vie à une autre. Libération de plaisirs et de décadences.

Voilà, il reste une porte à franchir. Je marche en regardant mes pieds pour profiter encore des quelques instants du présent. La porte est mon futur en quelque sorte. J'ai laissé mes émotions négatives sur ma ligne du temps que j'ai traversé tout entière et cette fois, en pleine conscience. Si j'avais su que nous pouvions avoir une action sur notre passé, en nous pardonnant, le bonheur aurait eu un autre goût. Attendre le verdict à l'ombre de nos peurs, pour des moments hors du temps qui font partie de notre parfaite imperfection d'être humain. Quel gâchis !

Comment aurait été ma vie si je ne m'étais pas résignée à être une bonne fille, puis une bonne épouse ? Enfin presque. La paix est faite. Qu'importe. Toutes les décisions sont bonnes au moment où nous les prenons.

La voix s'est tue.

Je pousse la porte.

En arrivant ce matin, Louise trouve Marguerite comme endormie. La respiration râleuse, bouche grande ouverte. Elle demande à l'aide-soignante d'appeler la famille et de les prévenir de sa fin proche, s'ils souhaitent être présents pour l'accompagner dans son dernier voyage.

Elle lui nettoie délicatement la bouche, la coiffe, la parfume un peu. Elle sait comme elle y tient. Elle lui avait dit que cette odeur de mort l'épouvantait. Malheureusement, elle ne peut rien faire pour la tenue. Les consignes sont strictes, pour des raisons médicales. La blouse bleue est de rigueur. Puis elle demande que l'on prévienne monsieur Paul également. Elle a compris le lien étroit qui les unit, même un peu en secret. C'est rigolo cette pudeur qu'ont les personnes âgées avec les amours. Faut dire que la société ne laisse que peu de place à ces réalités. Elle s'assied à côté d'elle, sur une chaise, à hauteur de son visage. Ses mains commencent déjà à changer de couleur, à se refroidir. Elle a l'air apaisée. Aucune crispation sur son doux visage parsemé de chemins de vie. Comme elle est belle. Elle lui masse délicatement le visage, du bout de ses doigts. Marguerite ouvre un peu les yeux et lui sourit légèrement, avant de repartir en dedans.

Paul entre. Il est tout chamboulé de voir ainsi sa Magie comme il l'appelle.

– Souffre-t-elle ? demande-t-il à Louise.

– Non je ne pense pas, lui répond-elle. Son visage et son corps sont très détendus. Elle a entrouvert les yeux et a souri. Elle est courageuse.

Louise décide de les laisser tous les deux.

– Je suis dans le couloir si vous avez besoin de quoi que ce soit, lui dit-elle. Elle sait que parfois, se retrouver seul avec un être cher qui part peut être vraiment terrifiant et le chagrin trop lourd.

Paul prend la chaise de l'infirmière. Au plus près de son aimée. Il a déjà perdu sa femme il y a quelques années. Mais la perte de celle-ci est très différente.

Il ressent le besoin de caresser son visage, ses cheveux, d'embrasser délicatement son front, le coin de ses yeux. Tous ces gestes ne sont que lenteur et respect. Il prend son temps, malgré qu'il sache pertinemment qu'il lui est comptés.

Il fredonne cette sublime chanson sur le dernier voyage :

Cette fois je m'en vais,

Je veux que tu sois là,

Que tu fermes mes yeux,

Pour la dernière fois.

Les sanglots étranglent sa voix. Il est secoué de chagrin.

– Oh Magie, Marguerite, mon adorée. Soit en paix ma chère. Je ne t'attacherai pas à moi. Je suis triste que tu partes vers ailleurs. Mais notre amour ne s'arrête pas. Je te garde jusqu'à mon dernier souffle dans mon cœur, dans mes pensées, comme un amant jaloux et honoré. Tu m'as tant offert. Je n'imaginais pas aimer si loin, surtout quand on est si vieux. Merci ma belle, pour toute cette passion, cette magie, cet ordinaire partage avec toi. Tu m'as montré que la vie possédait d'autres couleurs, d'autres saveurs, d'autres plaisirs. Tu m'as permis de sentir que je restais un homme, puissant, viril, doux. Je te serai fidèle mon amour, je me nourrirai de nos souvenirs, et en cela, tu seras toujours.

Il embrasse ses mains, puis ses lèvres, pour la dernière fois.

Jenny en vie

Il y a des matins de ma vie où j'ai ouvert les yeux et j'ai regardé dans la pièce en me demandant ce que je faisais là... avec une certitude au fond du ventre, qu'il fallait prendre la fuite, sans tourner la tête vers celle qui respirait à côté. Et celui-ci.

Le premier, qui semble avoir atteint une sorte de félicité sans aucun artifice, sans rien d'autre qu'être ensemble matérialisé par une main posée sur le rebord du lit, qui effleure la vôtre Je regarde la nuque de Bérénice recroquevillée dans ce fauteuil en simili cuir. Je pense au regard de Piccoli posé sur celle de Romy dans *Les Choses de la vie.*

J'ai mené mon combat personnel pour devenir la femme que je laissais de côté. Et ce matin je suis amoureuse d'une femme que je ne connaissais pas il y a 48 heures avec laquelle j'ai envie de m'abandonner.

Quelle formule étrange ! On peut abandonner quelqu'un, un pouvoir ou bien sa place, un lieu... On peut renoncer, déposer les armes. Mais s'abandonner soi-même ? Et pourtant, la définition l'annonce. Le verbe s'abandonner est un verbe pronominal. Il est donc toujours conjugué avec un pronom réfléchi. Quelle réflexion s'engage avec soi-même pour s'abandonner à l'autre ? Parce qu'avant cela il est bien question de s'abandonner soi. S'abandonner est un verbe qui dit quelque chose de soi à soi.

Ce matin j'ai décidé de céder. De lâcher quelque chose en plus. De me libérer, pour me rendre disponible à l'imprévu. À cette main dans la mienne, au ruissellement des larmes. Je m'abandonne, je n'ai plus envie d'avoir du pouvoir sur moi-même. C'est décidé, je me laisse faire. Je n'ai aucune certitude ni attente. Je ne sais pas si notre amour se concentrera dans nos silences. Si une sexualité existera entre nous sous la forme que je connais. Puisque aujourd'hui nous sommes toutes les deux au-delà de tout ce que nous avons pu imaginer et que la vie nous happe.

Maurice Merleau-Ponty, le philosophe, dit quelque part que notre sexualité concentre toute notre personnalité. Nos fantasmes, nos tabous, nos limites, nos craintes, nos attentes, notre caractère, notre expérience, notre morale, nos valeurs, notre regard sur autrui, l'affection réelle que nous portons à notre partenaire : tout cela est présent dans l'acte sexuel. Alors me voilà rassuré parce que tout ce que je suis est à découvrir. Cheminer à deux, quel cadeau que me fait la vie ! Alors m'abandonner en amour, avec Bérénice, c'est m'oublier puisque je me suis trouvée et éprouver le bonheur d'être à nu, pour ressentir un sentiment de plénitude en étant tout ce que je peux être. Sans plus lutter contre moi.

Peut-être qu'en étant complète, j'ai retrouvé ma moitié pour nous comprendre « au-delà du corps ». Et que nous ferons l'amour autrement, tout entier de ce que nous sommes, corps et âme, sans attentes.

J'ai envie de la prendre dans mes bras. Comment va-t-elle réagir ? Son corps va-t-il répondre au mien dans un mouvement ajusté ? Le mien, lui demandant, me veux-tu ? La réponse sera peut-être une lutte. Son propre corps se défendra d'abord, luttant contre cette association improbable qui prend forme dans la matière, anesthésiant, avant de pouvoir s'abandonner, à son tour, à lui-même d'abord, avant d'arriver à accepter que je puisse lui donner quelque chose, et peut-être aussi, accepter de me donner quelque chose comme de la confiance retrouvée.

La tendresse advient après la peur, les préjugés, après les a priori. La tendresse c'est aussi aimer. C'est ce qui nourrit une relation après les flammes de la passion, lorsque les corps se sont usés à trop se connaître sans vraiment s'apprivoiser. J'ai envie de vivre un moment éternel de tendresse et enfin nous reconnaître, elle et moi, sans nous menacer.

Nous allons grandir ensemble, voilà, en décodant nos sensations, nos émotions imprévisibles, un regard étonné. La tendresse c'est une mémoire, quelque chose de très ancien, qui revient de plus loin que la naissance, qui nous renvoie à nos sensations premières baignées dans la tendresse liquide qui nous berce.

J'aimerais chaque matin entendre respirer Bérénice. C'est merveilleux d'être contre quelqu'un et de l'écouter respirer ou de se sentir écouté respirant. Quelle sécurité, quelle plénitude de se sentir accordé dans une respiration !

Le contact de peau n'est qu'un des passages possibles. Le regard, l'accueil des yeux est aussi quelque chose de bouleversant. La chaleur et les tonalités de sa voix. L'émotion filtrée dans les couleurs de sa voix. C'est ma peau qui caresse sa main.

Tout cela suppose qu'elle soit prête à abandonner un certain nombre de peurs. La peur d'être déçue, celle du refus, la peur d'être dominée une fois encore.

Je la vois décider à s'aimer et à se respecter. À accepter de découvrir son territoire, le territoire de son corps. Je sais que c'est quelque chose de difficile et même de laborieux. Je serai là pour l'accompagner. Je serai là pour enfin aimer telle que je suis.

Bientôt, elle et moi ce sera aussi la rencontre avec nos corps fantasmés. J'espère qu'elle honorera le sien avant d'aimer le mien. Je reprends mes esprits, perdu dans mon dialogue intérieur. Elle me regarde.

Nicolas peut aimer

Nicolas peine à s'habiller. Il est perdu, n'a plus de repère. Cette femme, il sent qu'il ne doit pas passer à côté. Il y a quelque chose qui le prend aux tripes. Au cœur plus exactement. Et il en a le vertige. Il ne sait pas comment se comporter. Il ne peut même pas appeler ses potes pour en parler. Ni Benjy ni Mike ne peuvent lui apporter un quelconque secours sur la question. Il ne peut pas dire qu'il peut se caler sur l'image du paternel. Il l'a très peu connu, s'étant barré quand il avait cinq ans avec sa secrétaire, sans donner plus de nouvelles. Ça en est presque risible tellement le cliché est pathétique. Il avait laissé sa femme sur le carreau, sa mère, qui était tombée dépressive. Elle ne s'en est jamais remis. Lui en revanche a tout fait pour prendre soin d'elle, ses copines aussi. Il a du coup surtout grandi entouré de femmes, qui le choyaient aussi. Cela avait été sa source principale d'observation du féminin, mais à mauvais escient par la suite. La manipulation. Il a honte ce matin. Il a choisi de ne pas se remettre de son rejet humiliant. Merde, comme sa mère en fait après le départ de son père. Ce lien le chamboule profondément. Il a même envie de chialer. Au moment où la boule dans sa gorge dépasse sa pomme d'Adam, il sent le réflexe de ravalement arriver. Mais il décide cette fois de laisser sortir. Vingt ans qu'il ravale. Merde, comme il le fait sur les femmes qu'il saute. C'est la seule façon pour lui de finir. Il a les jambes qui tremblent. Il s'effondre dans le couloir, laissant des rivières de chagrin de petit garçon se libérer. Non, les hommes ne naissent pas salauds. Il peut décider d'être différent. Normal en fait. Ce sont les salauds qui sont différents.

Il se souvient avoir vu un flyer pour un stage destinés aux hommes, hier, sur une table du séminaire. Il ne se souvient plus trop, mais seulement la photo de mecs qui se prenaient dans les bras. À présent, il ne pense plus du tout au Village People dont la comparaison l'avait intérieurement fait sourire. Non, là tout de suite il sent la douleur de réaliser qu'il ne sait pas ce que c'est d'être un homme, hormis être un salaud. Il doit bien avoir le mail de l'intervenant d'hier. Il va lui demander s'il a les infos. C'est vrai qu'en y repensant, il a été frappé par sa façon d'être « homme ». C'est un peu bizarre à se dire, mais il y avait quelque chose de très bien équilibré en lui. Entre douceur, bienveillance et puissance.

C'est naze, mais c'est ce mec qu'il aimerait pouvoir appeler maintenant pour savoir comment on s'habille pour aller bruncher avec une femme qui nous plaît beaucoup, tout autant qu'elle nous terrorise. Le nez coulant et le t-shirt trempé, il se met à rire, tout seul, au sol de son entrée. Putain, heureusement qu'il s'est levé avec les poules, il va finir par être en retard. Et ça, à présent, ce n'est plus possible. Comment a-t-il pu se foutre des gens comme ça, jusque-là ?

Il file sous la douche. Il arrive cinq minutes avant l'heure au restaurant. Ses jambes bougent frénétiquement. Il doit se canaliser. Quand il la voit arriver, il sourit de constater qu'ils sont habillés pareil, en jean baskets. Bien joué, il a bien fait d'écouter sa petite voix ! Il aime sa vision des choses, de la vie. Et Jeanne balance ses failles sans pudeur, avec humour même. Elle semble savoir qui elle est, ce qui le déroute. Il peine à croire que tout ça date d'il y a quelques jours. Lui aussi il est bizarre ces derniers jours. Il n'y aurait pas un putain d'alignement des planètes cette semaine ? Il rigole tout seul de son allusion, tellement pas son genre jusque-là. En plus d'être jolie, elle est fine dans ses réflexions. Elle est belle sans artifices, il a du mal à dire. Sûr que c'est pas du tout le genre de filles qu'il approchait avant, même dans le pro. Tant mieux, et si elle marquait un vrai tournant dans sa vie ?

Il ne veut pas la quitter, il apprécie trop sa compagnie. Il veut tout savoir d'elle, tout explorer. Mais elle semble pouvoir parler d'une quantité infinie de sujets, ça va finalement prendre un peu de temps. Au moins, il ne s'ennuiera pas de sitôt avec elle.

Quand il s'entend lui proposer de venir chez lui, il aurait envie de se gifler. Les phrases qui sortent de sa bouche sont toutes plus maladroites les unes que les autres. Il s'arrête. Respire, et finalement crache sa Valda (pastille connue dans les années 1990 ! Mais ça, il ne le sait pas, il a entendu cette expression une fois, ça l'avait fait rire). Il ne va pas la sauter mais ne veut plus la quitter. Il est même prêt à lui permettre de passer le seuil de sa porte, jamais franchi par une femme. Jamais. Peut-elle le comprendre ? Il lui met son cœur dans les mains, sa vulnérabilité même. Merde, il a lâché toute retenue. Il est totalement à poil. Elle dit oui, avec même un temps certain de réflexion. Tant mieux, il est même rassuré qu'elle le fasse. Il a tellement embobiné de gonzesses, qu'il est heureux qu'elle soit sur ses gardes.

Il ne sait pas pourquoi il propose de mater un film, mais ça lui paraît tellement naturel sur le moment, qu'il est soulagé qu'elle accepte. Naturel et pourtant si inédit pour lui. C'est ça aussi l'intimité. Et là, sur son canapé, tout de suite, il partage une putain d'intimité avec elle. Sa gorge le serre à cette pensée, en plus du documentaire qui n'a rien de léger. Les questions basiques mais essentielles de la vie y sont abordées, dans la bouche de toutes les facettes de l'humanité. Bouleversant. Ils sont assis la, côte à côte, comme deux adolescents qui découvrent l'amour.

Quand elle lui touche la joue, puis l'embrasse, il est en panique. Si bien que quand elle lui exprime ses peurs, il lui propose immédiatement de la ramener, tant la pression est insupportable pour lui aussi. Un violent sentiment de ne pas faire foirer ce qui est en train de naître, en douceur, entre eux. Lorsqu'elle se serre si fort contre lui, il lâche tous les barrages. Bien sûr que les premières secondes, un instinct primaire habituel le pousserait à lui attraper les cheveux, la mordre et la retourner sur le canapé. Mais rien. Il n'en fait rien. C'est là, dans son désir explosant de mille feux, contenu à l'intérieur, qu'il sent son cœur s'ouvrir, se dépouiller, tout entier à elle. Il l'embrasse doucement, du bout de ses lèvres charnues. Il enlève son pull, il commence sérieusement à bouillir.

– Tu es sûre ? lui demande-t-il intimidé.

– Oui je le veux. Doucement s'il te plaît, lui répond-elle.

– Guide-moi. Dis-moi quand tu ne te sens pas à l'aise, d'accord ? Tu promets ?

Elle lui fait signe que oui. Alors il l'emmène dans sa chambre. C'est elle qui commence à le déshabiller, lentement, clairsemant de baisers la peau dévoilée. Morceau par morceau. Il est déstabilisé, suffisamment pour arrêter son mental en alerte, et se sentir présent, pleinement. Pour la première fois de sa vie, il ne domine pas la situation, il se laisse même y prendre beaucoup de plaisir. L'excitation est insoutenable à l'intérieur, mais sa respiration l'aide à canaliser, ne pas brusquer. Il suit le rythme de cette femme magnifique, sans autre volonté que de s'unir l'un avec l'autre.

Elle se déshabille partiellement, gardant son t-shirt. Ils s'embrassent longuement, laissant leurs mains étrangères faire de l'autre un territoire connu. Lorsqu'il arrive à son sexe, il ne la pénètre pas, prenant le temps de découvrir cette fleur aux multiples pétales. Elle gémit, ses lèvres rouges et gonflées de plaisir. Il ne la pénètre pas. Elle l'allonge sur le lit, se pose sur lui, et enlève son haut. Il en est presque ému, son cœur est au grand galop, au rythme des frottements de son corps sur le sien. Elle ne cesse de l'embrasser, sa bouche, ses joues, ses yeux, son front. Il se sent aimé, et étrangement même, respecté. Alors qu'elle colle plus fort son sexe contre le sien, il sent monter un feu du plus profond de son ventre qui explose dans sa tête, renversant tout sur son passage. Il tremble de plaisir. Non, ce n'est pas un tremblement, c'est une vibration qui dure, encore et encore. Merde, il a un orgasme. Mais le plus étonnant est qu'il bande toujours, et qu'il n'a pas éjaculé. Mais son monologue intérieur s'interrompt immédiatement quand elle s'assied sur lui et l'accueille en elle. Il rentre avec une facilité magnifique. Elle gémit au rythme des va-et-vient qu'elle assigne. Lui aussi. Dieu que c'est bon. C'est un rythme lent et profond. Il se sent pleinement dedans, jusqu'au fond de son corps.

Alors qu'elle commence à fatiguer, il la prend dans ses bras, assis. Ils sont face à face, leurs yeux intensément se regardent, comme leurs sexes. Ils ne font plus qu'un. Et alors qu'il bouge son bassin doucement, il sent son plaisir à elle monter. Comme les paliers d'un immeuble. Il est témoin d'une ascension vertigineuse. Et au moment où elle jouit, son sexe comprimant le sien, il sent de nouveau monter en lui cet autre feu, qui le submerge, lui retourne le cœur et la tête, et le laisse vibrant de plaisir. Il cale sa respiration sur celle de Jeanne, il respire grand, profondément. Et l'allonge. Il va et vient doucement entre ses cuisses, lui embrassant les tétons, le cou, lui mordillant les épaules. Lorsqu'elle attrape ses fesses et les serre fort, il accélère le rythme, lui demandant si ça va. Devant sa respiration qui s'emballe, il se laisse emporter dans la spirale du plaisir. Il jouit en même temps qu'elle, et cette jouissance dure de nombreuses minutes. Cette fois il éjacule, mais la vibration perdure, relancée par la sienne aussi. Ils se regardent, se sourient, s'embrassent. Il reste couché sur elle, ne pouvant cesser de la regarder, l'embrasser et lui caresser les cheveux. Puis il se laisse aller au sommeil.

La magie du tantra a opéré. Sans le savoir ni l'un ni l'autre, c'est ce qu'ils savourent en ce moment. Lorsque l'alignement du cœur de la tête et du sexe est en place, il est possible de toucher des sommets. De toucher Dieu. Sans mentalisation, juste avec la présence. Il y a un fort sentiment de sécurité au plus profond de lui. Un abandon ultime, tout en étant toujours lui, pensant, vigilant, il doit se l'avouer un peu. Il rêve. Ils sont main dans la main sur les montagnes russes de la vie, le sourire aux lèvres, un désir palpable et infini.

Laurent clarifie

En prenant son café, Laurent cherche à capter l'attention de sa femme. Il serait bon qu'ils puissent tout mettre à plat. Cette semaine a été aussi riche que destructrice. Mais il y voit plus clair, et elle doit être au courant. Elle s'affaire déjà dans la cuisine, elle ne semble pas lui prêter d'attention. Pourquoi le ferait-elle d'ailleurs ? Il a toujours vécu avec elle comme à l'hôtel, sans partage ni attention. Il se risque tout de même :

– Isabelle, j'aimerais beaucoup que nous parlions, j'ai quelque chose d'important à te dire. Es-tu disposée à en discuter maintenant ?

Elle pose son torchon et vient s'asseoir à la table du petit déjeuner.

– Je t'écoute, lui répond-elle, un peu froide.

Il est stressé. Ses mains sont moites. Jamais, même dans les signatures de contrats les plus importants, il n'a ressenti autant de pression. Il sent bien qu'il a beaucoup à perdre cette fois, bien plus que de l'argent ou de la reconnaissance. Cette fois, il se sent comme au purgatoire, et il sait qu'il a bien mal aimé. Par où commencer ? Va-t-elle comprendre ? Il se sent presque fiévreux. Dans son esprit linéaire, il commence par le début. La lecture d'un livre étrangement présent dans sa sacoche, la prise de conscience qui en a découlé, la rencontre avec Tracy, leurs discussions, leur amitié. Elle l'écoute, assise sans bouger, les mains croisées sur la table. Puis la lourde question de décider si toute vérité est bonne à dire lui explose le cœur. Il y va, vaillant et vacillant. Elle pleure en silence, les lèvres pincées. Il s'en veut tellement de la faire souffrir ainsi. Mais finalement, il l'a toujours fait souffrir, mais de façon bien pire : en sous-marin, en cachette, en rabaissant, en irrespect.

Il lui avoue ses infidélités. Jamais par sentiments, toujours par défoulement. Défoulement d'une colère inconcevable et glacée. Inconsciente. Il n'a aucune excuse, il n'en attend pas. Il lui demande son pardon. Un pardon qui serait annonciateur d'un nouveau départ pour eux. Il sent qu'il a de l'affection pour elle, de l'admiration même d'avoir supporté cette vie froide et dénuée de joie, ses humiliations. Il voudrait apprendre à la connaître. Il ne la connaît pas, parce qu'il ne s'est jamais intéressé qu'à lui. Il en est terriblement honteux. Pour elle, pour les enfants. La seule chose qu'il peut promettre aujourd'hui, c'est d'être présent dans leur relation, de la respecter pour qui elle est, de la soutenir et de partager des projets ensemble, si tant est qu'elle lui laisse cette chance.

Leurs deux ados descendent prendre leur petit déjeuner. Elle lui fait signe de monter continuer dans leur chambre, à l'étage. Il la suit, se sentant comme un condamné dans le couloir de la mort. Le téléphone de grâce va-t-il sonner ?

Il s'assied sur le lit, elle reste debout contre la commode. Il ne sait plus que dire. Une boule monte dans sa gorge. Il laisse aller. Les larmes coulent. Les sanglots arrivent bientôt.

– Je te demande pardon, arrive-t-il à formuler.

Elle ne répond pas. Elle s'avance doucement vers lui. Il relève la tête et la regarde. Il n'arrive pas à décoder l'expression de son visage. C'est ce qu'elle a dû vivre toutes ces années à ses côtés, cela lui glace le sang. Elle pousse ses épaules vers l'arrière, il tombe allongé, les jambes toujours au sol. Elle ouvre son chemisier, retire son soutien-gorge, qu'elle pose délicatement sur la chaise prévue à cet effet proche du lit. Puis elle retire sa jupe, son collant, sa culotte. Le sang bat dans ses tempes. Il ne comprend pas ce qui est en train de se passer. Qu'est-ce que ça veut dire ?

Elle déboutonne son pantalon et libère son sexe en demi-érection. Et sans autre geste, elle s'assied sur lui. Son sexe se durcit immédiatement. Elle en gémit doucement. Comment est-ce possible que sa femme puisse faire une chose pareille ? Ils n'avaient partagé qu'un petit coup sous les couvertures une fois par mois. Elle n'avait jamais montré d'audace ni exprimé aucun plaisir. Cette fois, au rythme lent de ses hanches, elle gémit, encore et encore. Son sexe est humide, chaud, accueillant. Et pour la première fois de sa vie, Laurent ouvre les yeux et la regarde. Sa bouche ouverte exprime du plaisir, sa nuque légèrement en arrière. Et il voit les larmes qui roulent sur ses joues. Au moment où elle accélère la cadence, elle le regarde enfin, et pose ses mains sur son torse. Elle est d'une sensualité et d'une beauté à mourir. Alors qu'il sent son vagin se contracter du plaisir qu'elle accueille, il éjacule, renforçant la sensation d'emprise. Il ne peut contenir un cri de plaisir, un râle félin.

Elle se rhabille et descend. Il imagine bien qu'ils discuteront prochainement, parce que ça ne semble pas possible pour elle maintenant. Il choisit de prendre sa chevauchée comme un signe positif à son monologue pénitent. Mais elle n'a encore rien exprimé, et il doit s'attendre à ce que ce ne soit pas tendre. C'est légitime.

Il regarde l'heure. Il aura tenu dix minutes, semble-t-il. Il ne peut esquiver un petit sourire. Le ciel est-il en train de s'éclaircir ?

Oui, il a des trésors sous les yeux, et à présent, son cœur peut les voir.

Bérénice s'abandonne au plaisir

C'est la puissance du regard de Jenny qui lui fait ouvrir les yeux. Elle est en boule sur le fauteuil de la chambre. Sa main posée sur le lit, proche de celle de son aimée. Elle n'ose dire un mot, tant l'émotion de ce premier matin est palpable. Jenny n'est pas tout à fait là. Elle est ailleurs, au loin, dedans. Un sourire discret au coin des lèvres. Que peut-elle se dire ? Quels sont les chemins intérieurs explorés ? Les choix qui se bousculent sûrement ? Elles ont tant à découvrir l'une de l'autre. Et Bérénice sent avec joie que cela ne s'arrêtera jamais. Elles seront à jamais curieuses l'une de l'autre. Non pas pour récupérer le temps perdu, il est derrière, mais pour cheminer ensemble sur la ligne du temps, le fil d'Ariane, l'axe central amoureux du caducée. Elle se souvient d'avoir lu que l'énergie de vie, appelée la *kundalini*, pouvait prendre être symbolisée par le serpent. Elles sont alors dès à présent, chacune un serpent, qui se rejoignent sur l'axe, se séparent, et se croisent de nouveau plus haut. Elle sent incroyablement son cœur battre dans son sexe. Est-ce cela, le désir ? Oui, indéniablement. Parce que le désir est à différencier de l'excitation. Cela ne part pas du même endroit en soi, et n'a donc pas la même finalité. Le désir pourrait être alors le feu sacré, placé sous la casserole de l'excitation, qui mijote l'ébullition des plaisirs. On peut être excitée sans désir, c'est ce qu'elle imagine être de la baise sans affect. On peut désirer sans excitation, c'est ce qu'elle pense être de l'amour romantique, sans passage à l'acte charnel. Mais elle imagine fortement que lorsque le désir chauffe l'excitation, le cœur touche l'âme de ses lianes de plaisir libéré. Elle n'est pas excitée, sans volonté d'amour physique, de pénétration, mais ce désir touche son cœur jusqu'à son âme. Elle en ressent une sensation de chaleur qui vibre dans tout son corps. Elle en pousserait presque un soupir de plaisir. Est-ce comme ça aussi qu'on peut faire l'amour ? D'un contact de mains, d'un échange de regard profond, de l'amour qui coule dans nos veines ? Sa main s'est agrippée à celle de Jenny en accueillant la puissance de la chaleur monter plus haut que sa tête. Une vague, un tsunami même. Elle peut même imaginer le rouge à ses joues tant elle se sent en feu.

– Bonjour Jenny. Excuse-moi, je ne sais pas ce qu'il m'arrive, lui dit-elle, un petit sourire honteux au coin des lèvres.

– Bonjour chère à mon cœur, ne t'excuse pas. Tu me fais là un grand honneur, tu sais.

– Ah bon, pourquoi ?

– Parce que tu me fais le cadeau de m'ouvrir ton cœur, sans retenue ni protection, de laisser passer le désir et d'en jouir, avec moi à tes côtés.

– J'ai joui ?, lui demande Bérénice, surprise comme honteuse.

– Oui chérie, mais encore une fois, ne te sens pas mal pour ça, c'est au contraire une preuve d'une grande confiance entre nous.

Elle lui parle alors du tantra, de cette voie de transformation intégrale de l'être humain qui passe par le corps et les sens, qui vient d'Inde, sûrement bien avant 1500 av. J.-C., et qui symbolise l'union du masculin et du féminin dans l'Univers.

Bérénice se détend enfin et finit même par rire :

– Champagne ! Mon premier orgasme !

Elles en rient ensemble, mais la douleur rappelle vite à l'ordre Jenny, grimaçante soudainement. L'infirmière arrive à temps pour lui administrer un calmant, regarder les constantes et repartir sereine des suites de l'opération.

Parfois quand on perd, on gagne. Le chauffeur de ce drôle de taxi avait vu juste. Bérénice perdait son couple familial, son schéma de vie, ses croyances, pour gagner en camaïeu émotionnel et en adéquation avec ses valeurs.

Ça ne sera pas simple non, c'est sûr. Mais finalement, pour qui la vie est-elle simple ? Elle est jalonnée d'expériences heureuses comme douloureuses. Nous laissant parfois sonnés sur le côté, parfois voltigeant dans le ciel de bonheur. Rien n'est linéaire. Je comprends à présent. J'ai gagné la vie. Une renaissance. Bien sûr que j'ai des peurs, mais j'ai dans ma main celle de Jenny. Et comme ça, elles pourront faire face à beaucoup. Je me rappelle une parole du Père de mon lycée. Il avait dit un jour : *on demandera beaucoup à qui l'on a beaucoup donné.*

Je ne me suis jamais sentie concernée par cette phrase de Luc. Aujourd'hui, je suis prête à donner.

Tracy ouvre ses yeux et son cœur

J'ai besoin d'aller marcher. Me réveiller le corps et l'âme. Le bois va m'offrir tous ces trésors du petit matin, calme, fraîcheur et solitude. Je mets en pratique cette technique de respiration calée sur les pas. La marche afghane. J'inspire lentement sur quatre pas, puis expire sur quatre. L'objectif étant d'atteindre le compte à huit. Progressivement, j'y arrive, mon souffle s'étire, comme mes pas. Au bout d'un certain temps, mon mental étant focalisé sur le compte et les pas, il déconnecte. Ne reste que la gratitude de cette belle nature au réveil. La fin de l'hiver, donc le début du printemps. Je me sens privilégiée d'assister à une telle transformation de la nature. Une étape des plus attendue, celle du renouveau. Mon corps est chaud, vibrant, ma tête plus calme. Un vrai luxe. Elle ne s'arrête jamais. Ne me laissant aucun répit. Tout est analysé, décortiqué, rationalisé, observé, traité, discuté... J'ai toujours senti un décalage, mais aujourd'hui, je suis prête à rester moi, tout en m'ouvrant aux autres. Au bout de deux heures, je m'arrête dans un café. Je choisis la terrasse, où une couverture m'attend tout de même, malgré le chauffage éteint. Paris s'éveille-t-elle si tard ?

Il y a pourtant quelqu'un qui est assis. Il est 7 heures. Je ne peux m'empêcher de l'observer, cet homme sur la table de droite. Il a une casquette de gavroche, une mode d'ancien titi parisien qui revient. Il a de larges lunettes, à demi-caché par sa casquette. Il a l'air d'être de moyenne taille. Peut-être la mienne. De larges mains, un peu abîmées mais soignées. Il lit, je n'arrive pas à voir quoi. Son manteau est de bonne qualité. Peut-être est-il artiste, il a bon goût, tout en ayant un air naturel et désabusé. Ses jambes sont croisées, un coude sur la table. Il boit un grand crème. Pas de téléphone posé frénétiquement sur la table, comme tout le monde semble devoir estimer important de le faire, comme un cordon ombilical les reliant au monde. Une urgence d'être en lien, contactés à tout moment, connectés à la merci de tous. Il semble différent. Quelle est sa vie ? Que fait-il tout seul ici si tôt ?

La voix du garçon me demandant ce que je souhaite « ma p'tite dame », arrête mon film 35 millimètres.

L'homme lève le nez de son livre et me regarde. En entendant ma commande identique à la sienne, il sourit. Un grand crème avec un dessin dans la mousse.

– Il n'y a que ça de vrai. Et rien n'a d'égal que de le savourer au petit matin en terrasse. Je n'ai pas de machine à café chez moi, je le savoure uniquement en extérieur, comme un moment de grâce, lui dis-je.

Je rougis. Qu'est-ce qui m'a pris de dévoiler ma vie à cet inconnu ? Mais il me répond. Cela lui a suscité une foule de questions, auxquelles je prends plaisir à répondre. Au bout d'un certain temps, assez long finalement je crois, il me demande si je souhaite un autre café, mais un café court sûrement, après le crème. Exactement ! Toujours un court après le crème !

– Je peux ? demande-t-il en voulant se rapprocher de ma table.

La vitesse et la profondeur de nos échanges me soulèvent de bonheur. Je le trouve charmant, il a 46 ans, travaille le bois...

Il est l'heure d'aller déjeuner, on le poursuit ensemble, comme deux gamins assoiffés et insatiables. Nos sujets de conversation fusent dans tous les sens et ont pourtant toujours un lien avec le précédent. Je suis aux anges. Une telle avidité de l'autre enfin partagée. Je peux tout dire, je suis comprise jusqu'au bout de mon raisonnement. Les désaccords sont source d'apprentissage, il est précis, curieux, attentionné, passionné, ouvert et respectueux.

Je mesure enfin que jusqu'ici, je ne me suis que trop imprégnée de l'adage de Dostoïevski « Il est plus facile d'aimer l'humanité tout entière que de supporter son voisin ». Comme si l'élan de mon cœur s'usait au contact de celui de l'autre, jamais satisfaisant. Je comprends que l'avenir s'éclaircit parce que j'intègre que la différence de chacun est un immense cadeau pour tous. Aussi ai-je besoin en face, en lien étroit avec mon intime, d'avoir un vaste espace d'écoute, mais sans totale compréhension. Suis-je en train de passer d'un mode perfectionniste à un mode optimaliste (comme l'explique Tal Ben-Shahar, dans *L'Apprentissage de l'imperfection*) ? Mettant fin à la course à la perfection, échelon jamais satisfaisant, mais bien des objectifs élevés dont le chemin reste le plus gratifiant.

Je n'ai pris garde qu'à développer mon travail, il est temps aujourd'hui, parce que je suis prête, de développer mon âme et de l'ouvrir. La jouissance qui devient *jouis-sens*. Il paraît que le perfectionnisme est une des principales causes de dysfonctionnement sexuel. En étant trop exigeant avec soi-même, l'homme encourt des troubles érectiles, la femme, elle, des problématiques autour du désir et de l'absence de plaisir.

En pressant le pas pour rentrer chez moi en cette fin d'après-midi, je me sens entière, pleinement moi. La patience vient de s'inviter dans une rencontre qui me chamboule. Mais comme celle connue avec Laurent, « Filia » comme disent les Grecs (amour amical), tout reste ouvert et possible pour l'Agape (ultime niveau d'amour), avec Sauveur, l'incroyable rencontre du café crème. Patience ma tornade intérieure, l'éternité n'est pas de trop.

Jeanne se libère

Jeanne enfile un jean et un gros pull en laine. Le froid est piquant encore, même en cette fin de matinée. Elle se maquille légèrement. Elle n'a pas envie d'en faire trop. Qu'attend-elle de ce rendez-vous ? Elle a du mal à y voir clair. Peut-être serait-il bon d'envisager une relation amicale, d'autant plus qu'ils vont travailler ensemble. Elle va changer de travail. Cette idée l'émoustille autant qu'elle la panique. Va-t-elle être à la hauteur ? Sera-t-elle suffisamment compétente ? Va-t-il la faire souffrir ? Se jouer d'elle ? Pire, se rendre compte qu'elle est stupide ? Elle sent son cœur battre à tout rompre, jusque dans ses tempes. Ses mains sont moites. Son souffle court. Elle a la tête qui tourne.

Elle s'assied sur le sol, attrape son mobile, et lance une séance de méditation sur l'appli *Petit Bambou* qu'Annie lui a recommandé de faire hier. C'est génial ! Elle commence par suivre la voix qui lui demande de porter son attention sur son souffle. De sentir où ça bouge quand elle inspire et expire. D'imaginer que ce souffle est telle une douce vague sur le sable chaud. Elle sent son corps se détendre. La juste tension nécessaire pour rester assise. Son souffle semble s'étirer, sa respiration devient plus lente, plus profonde. Elle peut accueillir sa peur. Une énorme boule dans son ventre. Elle est noire et piquante. La voix invite à simplement être avec ce qui est. Dépourvue de volonté de changement. Juste respirer avec ce qui est. Être présente avec une infinie tendresse, en confiance. Elle sent comme des racines partir du bas de son corps s'enfoncer dans le sol, jusqu'au cœur de la terre, sans entrave.

La confiance. Voilà le ressenti qui est capable d'accueillir la peur sans besoin de la faire partir. Elle sent que cette peur peut lui être utile, si elle ne se laisse pas dominer par les histoires qu'elle se raconte à son propos. Oui, elle a peur de souffrir, d'être rejetée, mais pas abusée. Elle est adulte aujourd'hui, elle n'est plus cette petite fille violée. Elle peut se faire confiance, elle pourra se protéger en cas de besoin. Quant au rejet, elle accepte qu'elle puisse ne pas lui convenir. Elle n'a plus besoin de plaire à tout le monde. Elle s'aime déjà, et de mieux en mieux. Ou plutôt, de plus en plus finement. Et ce n'est que le début !

Elle est prête pour le brunch, stressée et confiante. Quel drôle de sensation qui lui semblait être, avant, un paradoxe ! Ils parlent de tout, de rien, d'aspiration de vie, de cinéma, de vision de la vie, et même de la mort. Ils ne peuvent se quitter. Elle sent sa tension quand il lui demande si elle veut boire un verre chez lui. Il est touchant. S'avance et recule dans ses propositions. Jusqu'au moment où il s'ouvre simplement :

– Jeanne, je ne veux surtout pas passer pour un prédateur. Je t'apprécie beaucoup et cela me fout une trouille pas possible, parce que je n'ai pas ressenti ça depuis deux décennies.

Il a un rire un peu nerveux, mais continue.

– Je ne vais pas te sauter dessus. Pour tout te dire, je suis tellement dérouté par ce qui se passe, que je perds tous mes repères, et ne sais même plus comment te parler. Alors simplement, je serais honoré que tu viennes prendre un verre chez moi, un espace vierge de tout passage féminin jusque-là. C'est assez intimidant parce que je le vis comme mon refuge. Mais j'ai la sensation que c'est une évidence que tu y viennes.

Il est touchant dans ce mélange de gêne et cette capacité tout de même à nommer ce qu'il ressent. Elle accepte, en ayant pris le temps de réfléchir sérieusement. Elle aussi a la trouille. C'est difficile d'écouter ce qu'elle ressent vraiment, tellement les voix dans sa tête oscillent entre « vas-y fonce, il est top » et « fuis ce manipulateur » ! Elle choisit d'écouter la voix du milieu. « Vas-y, reste attentive, prends ton temps, il ne se passera rien de sexuel aujourd'hui ». Le fameux principe de « jamais le premier soir » !

Son appartement est propre et rangé. Elle y est sensible. « Oui mais sûrement a-t-il prévu son coup ! » Elle sourit à cette petite voix. Oui peut-être. C'est pour ça que rien ne presse et qu'elle va prendre son temps.

Il lui propose un jus fraîchement pressé ou un verre d'alcool. Elle opte pour le jus, bien plus sage au vu des remarques affolées de son mental. Il est curieux d'elle, de sa vie, de ses opinions. Il lui propose même de regarder un film si elle le souhaite. Ils optent pour *Human* (de Yann Arthus-Bertrand). Ils en sont tous deux chamboulés, profondément.

Puis ses yeux se posent dans les siens. Longuement. Elle lui sourit. Un sentiment intense d'attirance s'empare de son corps. Elle sent son sexe lubrifier. Qu'est-ce qui lui arrive ?! Son cœur s'emballe. Sa respiration s'accélère. Elle pose sa main sur son visage. Il est doux, carré. Puissant mais tendre. Et elle l'embrasse. Tous les signaux se mettent à sonner dans sa tête. Ça hurle « mais qu'est-ce que tu fous ma pauvre fille ? »

– J'ai peur, lâche-t-elle soudain, les larmes aux yeux.

– On n'est pas obligés de faire quoi que ce soit. Je peux te ramener sur le champ, ou tu peux même partir par toi-même si tu préfères, lui dit-il, un peu affolé aussi.

– J'ai peur que ce soit trop beau pour être vrai. T'es beau, j'aime ta façon de parler, tu sens bon, tu es prévenant. Et si derrière tout ce tableau idyllique se tapissait un énorme connard baiseur de pauvre connasse de rêveuse comme moi ?

– C'est pour ça aussi qu'on peut en rester là. J'ai envie de te revoir Jeanne, pas seulement au boulot. Moi aussi j'ai peur. Y a tout un tas de trucs sensibles qui me remontent à la gueule. Mais je n'ai pas envie de passer à côté de toi. C'est vrai que je suis un connard de baiseur, je ne vais pas te mentir, mais si tu veux bien me laisser le bénéfice du doute et te montrer que je suis aussi autre chose que ce que j'ai toujours voulu voir de moi, tu m'offrirais une énorme marque de confiance que je ne pourrais pas oublier, lui avoue-t-il.

Au moment où il se lève pour lui proposer de la ramener, elle se colle contre lui et le serre fort à se bleuter les bras.

Au son de sa respiration lente et profonde, proche du ronflement, elle ne peut s'arrêter de le regarder. Finalement, c'est la voix du « vas-y ose » qui a guidé son choix. Elle se sent comme une vierge honorablement dépucelée. Pas de douleurs. Pas de grattements. Une lubrification incroyable du début à la fin de leur long voyage érotique. Pas d'acrobaties dignes du *kama*, mais une présence et une connexion inimaginables. La douceur de ses gestes, le contact incroyable de ses mains sur son corps. Elle s'est sentie honorée comme une déesse. Elle est Aphrodite, il est Apollon. Elle a pris un plaisir infini à goûter sa peau, sentir sa transpiration, toucher son corps. Elle va s'autoriser à se faire confiance. Une relation, ça se construit à deux, avec du temps, de l'écoute, du dialogue, et en plus une affinité sexuelle de dingue. Elle est prête à se faire aimer et à aimer. La trouille au bide et le cœur ouvert.

Épilogue

Jésus a fini

La journée se termine. Jésus gare sa voiture sur le perron, devant son éternelle demeure. Il est là depuis toujours. Ni homme ni femme. Ni humain ni Dieu. Pourquoi avoir créé des distinctions ? Il n'a pas réponse à tout. Il ne perçoit que le Tout. Le mystère de la vie. Être ici, et ailleurs, là-haut et ici-bas. Être Un dans le Tout. Mais il n'y a que dans la matière que le verbe prendre forme. Il n'y a que l'ego qui entretient la lumière. Demain est un éternel commencement, il le sait. Sa Marie est partie hier. Mais rien ne les séparera, tout cela n'est qu'expérience, découverte. Jusqu'où faut-il expérimenter pour comprendre ? Rien ne se perd, tout se transforme. Mais parfois quand on aime, on foire. Il aime Madie, comme il aime l'humanité tout entière.

– Je suis désolé d'être incompris. Se sentir privilégiée, l'élue, n'existe pas, c'est un leurre. Va, je t'aimerai.

L'intimité ne dépend pas de ce que l'on fait avec son corps. Elle dépend de l'endroit d'où elle part, elle est, du cœur. Et le cas échéant, de comment l'autre cœur la reçoit.

Il semble que nous ayons toujours le choix, encore faut-il avoir des possibles. Encore faut-il les voir, ou les créer. Qui de nos jours a envie de se connaître, de s'améliorer, de se sortir les doigts pourtant inconfortables du cul, pour se regarder en face et évoluer ? Que celui qui se croit sage ou éveillé reçoive la première pierre, mais philosophale. Bousculer encore et en corps les croyances...

Ce n'est rien. Le temps passe, et chaque chose peut révéler du sens. Au bout du chemin, il ne nous sera demandé qu'une seule chose :

« Comment as-tu aimé ? »

Que répondrez-vous sincèrement ?

Petit lexique entre amis

• **Abus sexuel :**

Il y a abus sexuel lorsqu'un adulte ou un adolescent, exerce sur un enfant de moins de 15 ans, consentant ou pas, une contrainte psychologique (manipulation affective, chantage), une incitation verbale ou visuelle (obscénité, film porno) ou un contact physique en vue de provoquer une excitation sexuelle.

Livre : *Côté cœur Côté sexe, l'ABC du bonheur à deux*, Dr Sylvain Mimoun et Rica Etienne, Albin Michel 2014

• **Anorgasmie :**

Impossibilité à atteindre des orgasmes.

• **Bisexualité :**

On parle de bisexualité lorsqu'il y a désir, attirance sexuelle ou amour pour des personnes de même sexe ou de sexe opposé.

Livre : *Côté cœur, côté sexe, l'ABC du bonheur à deux*, Dr Sylvain Mimoun et Rica Etienne, Albin Michel 2014

• **Désir sexuel :**

Le désir sexuel désigne l'excitation et l'envie de faire l'amour.

Livre : *Côté cœur, côté sexe, l'ABC du bonheur à deux*, Dr Sylvain Mimoun et Rica Etienne, Albin Michel 2014

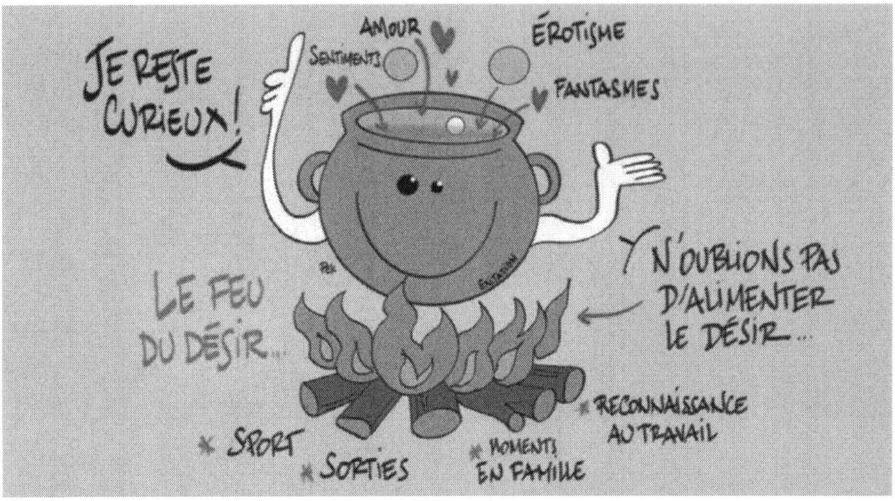

Graphique de PEK pour Sandie Boulanger juin 2021 copyright :
La sexualité = désir + excitation + cocktail d'idées et d'émotions.

Il s'agit d'imaginer trois composantes de la sexualité : le désir, l'excitation et le mental (regroupant les sentiments). Il est possible d'avoir une sexualité sans l'union des trois, et aussi, c'est en les réunissant que l'intensité nourrit profondément l'être et la relation.

• **Dyspareunie :**

Douleurs ressenties lors de la pénétration. Même si les femmes sont majoritairement touchées, les hommes peuvent également en souffrir. Avant tout, consulter un médecin, puis travailler les différentes causes psychosomatiques possibles.

• **Éjaculation précoce dite prématurée :**

Depuis toujours (primaire) ou survenant plus tard après le début de la vie sexuelle de l'homme (secondaire), c'est une éjaculation qui survient tôt dans la pénétration, sans capacité de la contrôler.

• Le Ho'oponopono :

Ho-o-pono-pono, parfois traduit en « remettre les choses en ordre », « rétablir l'équilibre » est une tradition sociale et spirituelle de repentir et de réconciliation des anciens Hawaïens. Sa pratique est souvent réduite à la répétition de la phrase suivante : « Je suis désolé, s'il te plaît, pardonne-moi, je t'aime, merci. » En réalité, elle est plus subtile et son sens est plus profond. Source : Wikipédia

• Kundalini :

Énergie spirituelle, cosmique ou vitale, qui est enroulée trois fois à l'intérieur d'un triangle qui se trouve à la base de la colonne vertébrale, au niveau du périnée. Une fois éveillée, elle remonte le long de la colonne vertébrale et active les centres du psychisme ou chakras.
Source : www.bonheuretsante.fr

• Orgasme :

Plaisir physique dû à des stimulations sensorielles comme l'acte sexuel, mais pas seulement. Il crée un état de conscience modifié, accompagné parfois de contractions involontaires de la musculature périnéale.

• Ménopause :

Période de la vie de la vie au cours de laquelle les ovaires réduisent leur production d'hormones sexuelles (estrogènes) qui arrête les règles progressivement jusqu'à l'arrêt complet. Ce changement amène un lot de modifications de l'équilibre féminin qui varient d'une personne à l'autre. Les symptômes les plus fréquents sont les sécheresses vaginales et les bouffées de chaleur, qui influencent beaucoup le désir sexuel.

• **Mycoses à répétition :**

Maladie fréquente due au développement de champignons dans un milieu vaginal déséquilibré. Toutes les femmes en souffrent à un moment ou un autre de leur vie. Lorsqu'elles se répètent au moins quatre fois par an, ou lors de chaque pénétration vaginale, une consultation psychosomatique est à envisager, en plus du médecin pour le traitement.

• **Sapiosexualité :**

Être sexuellement ou sentimentalement attiré par des personnes intelligentes, instruites ou charismatiques. Le genre et l'orientation sexuelle n'est pas la base du désir. Les canons de beauté ne sont pas le déclencheur de l'envie de l'autre. C'est avant tout un état d'être.

Remerciements

À David et Rim, pour leur amitié, leur soutien et leurs relectures.

À mon mari, qui ne s'effraie ni ne s'épuise de la multitude de projets qui m'animent.

À mes enfants, mes petits maîtres, qui me font grandir et vivre tant de bonheurs.

À mes amis, leur fidélité et leur présence dans les montagnes russes émotionnelles de la vie.

Aux patients que j'ai la joie d'accompagner, pour leur confiance et leur autorisation d'être en lien intensément et authentiquement.

À mes formateurs, qui ne cessent de m'enseigner et de me soutenir.

À Aude, ma correctrice et bien plus encore. Sans son écoute, rien de tout cela n'aurait été possible.

À Sonia Dagotor, auteure, qui m'a ouvert généreusement les portes du monde de l'édition.

J'espère que vous avez eu plaisir à lire ce roman, que les personnages ont fait écho en vous, même dans les côtés sombres, que leurs évolutions guident les vôtres.

Références bibliographiques

P. 20 : *L'Amant de la Chine du Nord* - Marguerite Duras - Gallimard 1991

P. 22 : *La bicyclette bleue* - Régine Deforges - Ramsay 1981

P. 41 : *Lâchez-nous l'utérus* - Fiona Schmidt - Hachette 2020

P. 52 : *Le chevalier à l'armure rouillée* - Robert Fisher - Vivez soleil 2002

P. 60 : *Documentaire Demain* - Cyril Dion et Mélanie Laurent

P. 81 : *Jade et les sacrés mystères de la vie* - François Garagnon - Monte Cristo Eds 2002

P. 87 : *Femmes qui courent avec les loups* - Clarissa Pinkola Estés - Lgf 2001

P. 96 : *L'art de la fessée* - Manara - Glénat 1988

P. 109 : *Parfait amour, imparfait bonheur* - John Welwood - La Table ronde 2006

P. 123 : *Les épreuves* - René-François Sully -Prudhomme - 1866

P. 126 : *Je te promets la liberté* - Laurent Gounelle - Calmann -Lévy 2018

P. 140 : *Les quatre accords toltèques* - Miguel Ruiz - Jouvence 2016

P. 141 : *Le pouvoir du moment présent* - Eckhart Tolle - Outremont, Éditions Ariane, septembre 2000

P. 160 : *Le dialogue intérieur* - Hal et Sidra Stone - Souffle d'Or 1997

P. 160 : *Les chroniques de San Francisco* - Armistead Maupin - Passage du Marais 1998

Restons en lien si vous le souhaitez

- **Écrivez-moi à :** msandie.boulanger@gmail.com

- **Visitez mon Instagram**, Sandie.dit.tout : https://www.instagram.com/sandie.dit.tout/?hl=fr

- **Facebook** - Sandie Boulanger-relaxologue : https://www.facebook.com/boulangersandie

- **Et YouTube Suc'sexe et vous :**

https://www.youtube.com/watch?v=xMlUvObuELw&list=PLDcDq1YlV8ppqXQQq2bu4Nt5WyJYIHfTL&index=3

https://www.youtube.com/watch?v=xu7CKv7E2t0&list=PLDcDq1YlV8ppqXQQq2bu4Nt5WyJYIHfTL&index=7

À bientôt

Sandie
Juin 2021

Mise en page
Pierre-Olivier Leroy

Printed in Poland
by Amazon Fulfillment
Poland Sp. z o.o., Wrocław

88159698R00121